余命一年の君が僕に残してくれたもの

日野祐希

STARTS
スターツ出版株式会社

あの日のことを、僕はきっと一生忘れないだろう。
彼女が書庫にやってきた、あの日のことを——。

正直に言えば、僕は最初、彼女のことが怖かった。
だって彼女は、僕と正反対の人だったから。
明るくて、距離感が近くて、自由気ままで、僕とは明らかに住む世界が違う人。朗《ほが》らかに笑う彼女の姿が、僕には火傷《やけど》しそうなくらい眩《まぶ》しかった。

そう。彼女は僕にとって、正に太陽のような存在だったんだ。

これは、そんな彼女と結んだ、さよならまでの同盟の記録——。

目次

余命一年の君が僕に残してくれたもの

第一章　季節外れの転校生

1

＊＊＊

瑞樹《みずき》は、夢を見ていた。

よく晴れた、しかし吹く風は肌を刺すように冷たい、冬の日のこと。

瑞樹には、これが自分ではない誰かの記憶だとわかった。今、自分は誰かと感覚を共有している。なぜか、そう理解できた。

そして、自分が意識を共有している誰かは――今、命の危機の中にいた。

激しい動悸《どうき》と胸の痛みで、座っていることはおろか、目を開けていることさえできない。目をギュッと閉じ、落ち葉が敷《し》き詰められた地べたに倒れて、もがき苦しんでいる。

だが、その時だ。

「ちょっと！　大丈夫ですか⁉」

意識の外から声が聞こえてきて、体が起こされる感覚がする。

体の持ち主が薄く目を開いたのか、ぼんやりと人影が見えた。誰かが、この人を助けようと、抱き起こしてくれたようだ。

体の持ち主は、荒い息をつきながら、差し出された手を握り締める。

共有された感覚から、体の持ち主が精一杯の力で手を握っていることが伝わってくる。

瑞樹は、この人が必死に生きようとしていることを感じ取った。

「大丈夫ですよ！　あと少し、がんばってください！」

また、助けに来てくれた人の声がする。同時に、瑞樹は体が持ち上げられるのを感じた。

「誰か、すぐ来てください！　この子を助けてください！」

助けを求める叫び声を、薄れていく意識の中で聞く。そして、抱き上げられた体が、どこかへ運ばれていく。

ああ、これでこの体の持ち主は助かるだろう。

そんなことを考えているうちに、瑞樹の意識は深い闇《やみ》へと呑《の》まれていった。

＊　＊　＊

――ジリリリリ！

耳元で、けたたましくアラームの音が鳴り響く。

「んぐ……」

うめくような声を上げ、瑞樹はゆっくりと重いまぶたを開いた。あくびを噛《か》み殺しながら目覚まし時計のアラームを止め、時間を確認する。朝の六時半。いつも通りの起床時間だ。

油断すると落ちてくるまぶたを気合で持ち上げ、瑞樹はカーテンを開ける。

外は快晴。今日は梅雨《つゆ》の晴れ間らしく、早くも太陽が空の高いところから焦《こ》げ付きそうなほどの光を放っている。

雨の日は外に出たくなくなるが、これだけ強い日差しというのも気が滅入《めい》る。夏本番になればさらに暑さがきつくなると思うと、それだけでため息が出た。

「ねむ……」

とりあえず洗面所で顔を洗って、しっかり目を覚ます。タオルを手に取りながらふと鏡を見れば、慣れ親しんだ地味顔と目が合った。童顔《どうがん》気味なところが、少しコンプレックス。

まあ、自分の顔を見ていてもつまらないだけなので、さっさとキッチンへ向かう。

「叔父《おじ》さん、次に帰ってくるのは今月の終わりだっけかな」

呟《つぶや》きながら、瑞樹は冷蔵庫に貼ったカレンダーを確認する。

今現在、この家にいるのは瑞樹だけ。家主である叔父は、仕事の関係で一年の半分くらいを海外で過ごしているのだ。今は亡き両親――瑞樹から見れば祖父母――から受け継いだ立派な一軒家を持っているのに、かわいそうな話である。

そんな状態なので、瑞樹としても、今や半分ひとり暮らしといった気分だ。家事だって、同年代の中ではできる方だろう。

「朝ご飯は……適当でいいか」

冷蔵庫の中から、納豆とヨーグルトと牛乳を取り出す。茶碗にご飯をよそい、よく混ぜた納豆をかければ、朝食の完成だ。ヨーグルトと牛乳を一緒にお盆に載せて、居間まで運んでいく。

朝食を食べ終わったら、洗面所で歯を磨《みが》いて、くせ毛気味の髪をブラシで軽く整える。制服に着替えたら、通学用のリュックサックを背負って家を出た。

同時に、一瞬にして体から汗が噴き出てくる。

やる気一杯の太陽にうんざりしながら、瑞樹は陽炎《かげろう》立つ道を駅に向かって歩き始めた。


いつもと同じ時間に家を出た瑞樹は、予鈴前に余裕の到着だ。つるむような相手もいないので、カバンから本を取り出し、読書をしながら時間を潰《つぶ》す。

二十ページほど読んだところでチャイムが鳴り、担任が入ってきた。

全員が席に着いたのを確認すると、担任は「オホン」と大きく咳払《せきばら》いをした。

「あー、昨日のホームルームでも連絡したが、今日からこのクラスに転校生が来ることになった」

担任の言葉で、クラス中がざわめく。そこかしこから「どんな子かな?」「男?女?」なんて声が聞こえてきた。

高校二年生の七月に転校とは、ずいぶんと季節外れ。何か特別な事情がある生徒なのだろうか。

クラスメイトたちのざわめきをBGMに、瑞樹はそんなことを考える。

「それじゃあ、早速紹介する。入ってきてくれ」

「――はい」

担任に手招きされ、ひとりの女子生徒が教室の中に入ってきた。

ほっそりした体つきと肩くらいまで伸ばした髪。制服も、スカートを折り曲げたりしないで、きっちり着ている。

落ち着いた印象の子。

それが、転校生に対して瑞樹が抱いた最初の印象だった。

「結構可愛《かわい》いな。キレイ系っていうかさ」

「俺、かなりタイプだわ。あとで声かけてみるか」

隣の席の男子たちが、早速、転校生の容姿の話で盛り上がっている。もっとも、瑞樹には縁《えん》のないことであるが。

すると、クラスの中を見回していた転校生と目が合った。

瞬間、彼女がふわりと微笑《ほほえ》む。なんだか親しみを感じられる笑顔だった。

……って、いやいや、ちょっと待て。目が合ったら微笑んでくれたなんて、ただの気のせいだろう。たまたまそういう風に見えただけ。瑞樹を見て微笑む理由なんて、どこにもない。マンガやアニメの見すぎだ。あまりに痛すぎる。

ただ、笑顔はともかくこの転校生の顔、どこかで見たことあるような……。

「はじめまして、藤枝美咲《ふじえだみさき》といいます。中途半端な時期からですが、みなさん、よろしくお願いします」

瑞樹が変な既視《きし》感を覚えている間に、転校生は自己紹介を済ませていた。

担任に指示された美咲は、すでに用意されていた席に向かう。廊下側の一番後ろの席だ。彼女が席に着くと、隣の席の女子が早速話しかけていた。

その様子を離れた場所から見ながら、瑞樹は思った。

一瞬、妙なことを考えてしまったせいで焦《あせ》ったが、高校入学以来、女子とはまったく縁のない身空《みそら》だ。これから先、きっと彼女と関わることなどないだろう、と。

ただ、瑞樹は気が付いていなかった。

関わることはないと考える彼に、美咲がこっそり目を向けていたことに——。

2

教室にキーンコーンカーンコーンとチャイムの音が鳴り響く。

ホームルームが終わって放課後となり、瑞樹は「ふう……」と息をついた。期末テストが来週に迫っているから、授業中はまったく気を抜けない。

「おーい、秋山《あきやま》君。明日の日直、よろしくね」

「——ッ！　……あ、はい。ありがとうございます」

前の出席番号の女子からおっかなびっくり日誌を受け取り、自分の机の中に放り込む。どうにか耐えたが、不意打ちで女子から話しかけられたので、驚きすぎて腰《こし》を抜かすところだった。……我ながら、情けない。

ともあれ、雑談をしながら帰っていくクラスメイトにひっそり交じり、瑞樹も教室をあとにした。

ただ、昇降口に向かう人の波から、瑞樹はひとり外れていく。

「失礼します。書庫の鍵《かぎ》、借りていきます」

職員室に入った瑞樹は、近くの先生に声をかけながら鍵を手に取り、ホワイトボードの書庫の欄《らん》に名前を書く。

いつものことなので、もはや慣れ切った手順だ。

鍵を手にした瑞樹は、来た時と別の廊下を進む。見えてきたのは図書室だ。しかし、図書室には入らず、そこから角を曲がって突き当たりにある部屋の前で立ち止まった。

テスト勉強に来る生徒で賑《にぎ》わう図書室前と違い、ここは人通りがまったくない。角ひとつ曲がっただけで、まるで別世界のようだ。

鍵で扉を開け、明かりをつけながら部屋に入る。部屋に入った瞬間、ほこりっぽい空気で鼻がツンとした。

明かりで照らされた部屋の中は、所狭しと棚が並び、たくさんの本が収められている。

ここは、図書室に収まり切らない本を入れておくための書庫だ。と言っても、この部屋にあるのは誰も使わなくなったような古い本ばかりだが……。

おかげで、この部屋に立ち入る者なんて、瑞樹は自分以外に見たことがない。

書架《しょか》の間を抜けて、部屋の奥へと進む。すると、書架が途切れて、部屋の片隅《かたすみ》に四人掛けの机と椅子《いす》が姿を現した。

ちなみに、机の傍《かたわ》らには、本を積んだカート――ブックトラックも置いてある。

瑞樹は椅子のひとつに荷物を置くと、机の上のノートパソコンとプリンターの電源を入れた。

「さてと、昨日の続き、やっちゃうか」

肩をグルグルと回し、瑞樹はブックトラックから本を何冊か下ろして、ノートパソコンの隣に積んだ。

人も通わない名ばかりの書庫で、瑞樹が何をやっているのか——。

答えは、図書室の裏方作業だ。

新しく購入した本を貸出できるようにするための準備。壊れた本の修理や背ラベルの貼り直しなどの雑事。その他もろもろ。これらを、瑞樹はほぼひとりで受け持っているのである。

瑞樹が裏方作業を行うようになったのは、ちょうど一年くらい前のこと。司書教諭の仕事の手伝いを買って出たのが始まりだった。

瑞樹の高校は、専任の学校司書がいないため、司書教諭が図書室を取り仕切っている。だが、忙しい教職や部活の顧問との並行だ。当然ながら、図書室の作業に使える時間は多くなく、先生は新しく購入した本の登録作業もままならない状況だった。

疲れ切った顔で図書室の仕事をする先生。その様子を図書委員の仕事をしながら見ていた瑞樹は、黙っていることができず——

『先生、新しく買った本ってパソコンでシステムに登録して、バーコードシールとかを貼るんですよね。やり方、教えてください。そうしたら、お手伝いできますから』

と、登録作業の代行を申し出たのだ。

自分が手伝うことで先生の負担を減らすことができれば、と思ったのである。

ただ、瑞樹の図書室と図書委員会に対する貢献《こうけん》は、これで終わらなかった。

登録作業の代行を引き受けて以来、瑞樹はカウンター当番以外の日も、図書室で過ごすことが多くなった。

そうやって図書室に入り浸《びた》っていたことで、瑞樹はさらに気が付いたのだ。

瑞樹自身もそうだが、図書室はいつも多くの生徒が訪れるので、カウンター当番の図書委員は常に忙しい。カウンター対応や書架整理、返ってきた本の戻し作業に追われている。そうすると、壊れた本の修理などの細々《こまごま》したところで、手の行き届かない部分が出てくる、ということに――。

そこで瑞樹は――

『先生、本の修理の仕方を教えてください。あと、背ラベルがはがれた本も、貼り直しておいていいですか？』

と、〝手の行き届かない部分〟にも、自ら手を出し始めた。

そして、でき上がったのが今のひとり裏方作業の体制である。

もちろん、本来なら瑞樹がひとりでここまで仕事を背負い込む必要なんて、どこにもない。事実、司書教諭も感謝以上に瑞樹のがんばりすぎを心配していた。

それでも瑞樹がこの仕事を進んでやっているのは、二年前に誓《ちか》った〝亡くなった母に誇《ほこ》れる生き方〟を実践したいからだ。

実際、瑞樹は本が特別好きであったり、図書室に特別な思い入れがあったりするわけではない。図書委員になったのだって、くじ引きの結果だ。それでも、自分なら現状を少しでも好転させられるかもしれない、と思ったら、どうしてもやらずにはいられなかった。

要するに、自分の信念に対してどこまでもまっすぐなのだ。……まあ、まっすぐすぎて、少し融通《ゆうずう》が利かないとも言えるが。

ちなみにこの書庫は、静かに落ち着いて作業できる環境を望んだ瑞樹のために、先生が貸し与えてくれたスペースだ。ついでに、瑞樹は毎日のように裏方仕事をしているので、カウンター当番も免除《めんじょ》されている。人と接するのが苦手な瑞樹としては、何気にありがたい気遣いだった。

まあ、理由やら何やらはともかく、パソコンが起動したところで、早速瑞樹は最初の本のタイトルを入力しようと――

「へえ。書庫の中って、こうなってるんだ」

――したところで突然の声に驚き、椅子からずり落ちそうになった。

人が来るはずのない書庫で、なぜ自分以外の声が？　しかも、聞いた限り女子の声っぽい。

頭を混乱させたまま、瑞樹は声が聞こえた書架の方を振り返る。

そこには、本日付でクラスメイトとなった転校生——美咲が立っていた。

「あ、こんにちは！　きみ、同じクラスの人だよね」

瑞樹の存在に気が付いたらしい美咲が、にっこりと笑いながら声をかけてくる。

今日転校してきたばかりで、もうクラスメイト全員の顔を覚えたのだろうか。人の顔を覚えられない瑞樹は、美咲の優れた記憶力に素直に感心する。

「あれ？　もしかして仕事中？　お邪魔《じゃま》だった？　ええと……」

「あー、えー、僕は秋山瑞樹です。それと、し、仕事中ではありますが、邪魔ということは……」

「そっか、よかった」

瑞樹がどもったりつっかえたりしながら答えると、美咲はまたニコッと笑った。

「転校初日だから学校の中を探検してたんだけどね、なんか気になって入ってきちゃった。この部屋いいね、秘密基地みたいで」

聞いてもいないのに、美咲が書架の本を眺めながら事情を話し出す。

一方、女子とのちゃんとした会話なんて何年振りかというレベルの瑞樹は、なんと答えてよいかわからない。ひとまず、「そ、そうですか、そうですね」とだけ相槌《あいづち》を打っておく。

すると、美咲が突然近寄ってきて、瑞樹の隣からパソコンの画面をのぞき込んできた。

「で、瑞樹君はそんな秘密基地的な場所で、何の仕事をしているの?」

「のわっ!」

パソコンの画面を見た美咲が、至近距離で瑞樹の方に振り返る。しかも、いきなり名前呼びだった。

一方瑞樹は、間近で美咲が振り返ると同時に悲鳴を上げ、壁際へ向かって逃げ出した。

そのあまりにも素早い逃走《とうそう》と悲鳴に、美咲がポカンと口を開ける。

「あ……す、すみません。あなただけでなく、女子相手なら誰に対してもこういう対応を取るので、気にしないでください」

「うん、別にいいけど……。何? 瑞樹君は、女性恐怖症《きょうふしょう》なの?」

「女性恐怖症? ハハハ。違いますよ。おひとり様歴が長すぎて、同年代とどう接したらいいのかわからないだけです。高校に入ってから、ただのひとりも友達を作ったことがないもので。自慢じゃありませんが、高校入学以来、クラスメイトから連絡以外で声をかけられたことはありません！　ちなみに同級生に下の名前を呼ばれたのは、小学校低学年以来です！」

「なんでボッチ宣言する時だけ、そんな爽《さわ》やかにスラスラと言葉が出てくるの。瑞樹君、実はめっちゃメンタル強いでしょ」

美咲があり得ない生き物をでも見るような視線を、瑞樹に向ける。

そして、どっと疲れた様子で「はあ……」とため息をついた。

「まあいいや。で、結局瑞樹君は、ここで何をしていたの？」

「ええと……、本を貸出できるようにするための準備作業とか、本の簡単な修理とか、色々と……。平たく言うと、図書室の裏方作業です」

「こんなところで、しかもひとりで？」

「ええ、まあ。裏方作業はほとんど僕が一手に引き受けているので。それに、だいたい毎日作業してるんで、この部屋も貸してもらっているんです」

「ひとりで毎日って、何それ、いじめ？　みんなでやればいいじゃない！」

瑞樹の返答に、なぜか美咲が怒った様子で眉《まゆ》をつり上げる。

誤解させたままにもできないので、瑞樹は「違います」と即座に首を振った。

「いじめじゃないですよ。誰かに押し付けられているんじゃなくて、僕が勝手にひとりで引き受けているんです。さっきも言った通り、ボッチで暇なので」

「そう……なの？　でも、なんでそんなこと引き受けてるの？　暇だからって言っても、ほとんど毎日だと大変でしょ」

「まあ、それはそうなんですが……。でも、長くても一日一時間くらいですし、本当に何もない日はそのまま帰っていますよ。それに、誰かの役に立てるのは、単純にうれしいじゃないですか。それで理由は十分かなって……」

　瑞樹は、気取った様子もなく、ただ当たり前のことといった態度で言う。これは自分がやるべきことと信じて疑わない顔だ。

　美咲は、呆《あき》れたような、それでいて何やら納得したような顔でクスリと笑った。

「そっか……。今も変わらず、君は本当に〝正義の味方〟みたいな人だね」

「今も変わらず？　すみません、何のことですか？」

「ううん、何でもない」

　意味深《いみしん》な言葉に瑞樹が問い返すと、美咲はそれをサラッと受け流してしまった。

「とにかく、瑞樹君がこんなところに隠れて、コソコソ何をやっていたかはわかった」

「なんだか引っかかる言い方ですね。別にいいですけど」

　誤解を招きそうな表現に、瑞樹が心外だと言わんばかりにむくれる。

　すると美咲が、「アハハ、ごめんね」と軽い調子で謝ってきた。

「ねえ、瑞樹君。その机にある本って、瑞樹君が今から作業する本？　どんなことするの？」

「それは新しく買った本なので、図書室のシステムに登録して、バーコードシールと背ラベルをつけます」

こんな感じで、と瑞樹は昨日のうちに作業が終わっていた本をブックトラックから抜き出して、美咲に渡す。

受け取った美咲は、その本をまじまじと見つめた。

表紙にバーコードシール、背に請求記号が書かれた背ラベルが、傾いたりすることなく綺麗《きれい》に貼られている。

ブックトラックに並んだ他の作業済みの本も同様だ。美咲がブックトラックに近付いて見てみると、背ラベルが傾いていないのはもちろん、貼られている高さもぴったり揃《そろ》っているのがわかった。取り出して比べてみると、表紙のバーコードシールも位置がきっちり揃っている。

本をブックトラックに戻した美咲は、感心した様子で息をついた。

「うん、やっぱり瑞樹君は偉いと思う。普通、裏方作業を一手に引き受けるなんてできないもん。それに、ここにある本だけ見ても、瑞樹君がどれだけ丁寧に仕事をしているか伝わってくる気がするし。本当にすごい」

「それは……どうも」

美咲のほめ称《たた》える言葉に、瑞樹は居心地悪そうに視線を逸《そ》らす。ここまで真正面から裏方作業のことをほめられたのは初めてなので、照れくさいのである。

「ねえ、瑞樹君。この仕事、私もお手伝いしていい？」

「……は？」

と思ったら、腰に手を当てた美咲が、妙なことをのたまい出した。

突然の美咲の申し出に、瑞樹は照れていたことも忘れて、間抜けな声を上げてしまう。

「私、瑞樹君の心意気と丁寧な仕事ぶりに感動しちゃった。だから、私も瑞樹君の仕事を手伝う！」

正に名案といった面持ちで、美咲が瑞樹の目を見つめる。

そして今度は、瑞樹の方が信じられないものを見るような目を美咲に向けた。

「あの……お気持ちはうれしいですが、僕も好きで勝手にやっていることですので……。別に手伝っていただく必要はないですよ。期末テストも近いですし」

暗にお引き取りくださいという意を込めて、瑞樹は美咲に答える。

正直なところ、書庫で女子とふたりきりとか、全力で遠慮したい。瑞樹にしてみれば、何その罰《ばつ》ゲーム、といった状態だ。

「遠慮しないで。私も自分がやりたいから手伝うってだけだし。それに期末テストが近いのは瑞樹君も同じ。ふたりでやって、さっさと終わらせて勉強しよ！」

「いや、確かにふたりの方が早く終わるかもしれませんが……。でも、さすがに藤枝さんに悪いと言いますか……」

「ごちゃごちゃ言いっこなしだって！　別に悪くなんかないから」

　そう言って、美咲は瑞樹の手を取り、机の方に引っ張っていく。

　一方、いきなり手をつながれた瑞樹は、頭の中が大混乱だ。というか、一瞬、意識が飛んだ。おかげで、ろくに抵抗もできないまま、あっという間に椅子に座らされてしまった。

「さあ、瑞樹君！　早くやろうよ！」

　そのまま瑞樹の対面に座った美咲は、期待の眼差《まなざ》しを向けてくる。

　これは、瑞樹のトークスキルでどうにかできる問題ではなさそうだ。言葉だけで説得できるイメージがまったく湧《わ》かない。そして、瑞樹には無理矢理お引き取り願うような度胸《どきょう》もない。

「……ああ、はい。わかりました」

　詰《つ》みを悟《さと》った瑞樹は、やれやれとため息をつきながら返事をした。

　どうせ気まぐれにやってみたくなっただけだろうから、一日やれば満足するだろう。

　そう思いつつ、瑞樹はノートパソコンを引き寄せ、美咲に振る仕事の準備をする。

「それじゃあ、僕はシステムにデータの打ち込みをするんで、藤枝さんはリストを見ながらバーコードシールと背ラベルを本に貼っていってください」

リストを見て、タイトルを確認しながら、決まった位置にシールを貼っていくだけ。これなら初心者の美咲に任せても、大きなミスは発生しないだろう。仮に貼る位置が少しくらいおかしくなっても、本の貸出には影響しない。何なら、瑞樹があとでダブルチェックを行えばいい。

「オッケー！　任せといて。じゃんじゃん貼っちゃうよ！」

瑞樹は心の中で、なんだかおかしな人だ、と思う。だけど同時に、少しだけこの状況を楽しんでいる自分がいるのも感じていた。

たまにはこういう日も悪くはないか。

少し調子が狂うと感じつつもそんなことを思いながら、瑞樹は自分の仕事に取りかかるのだった。


日付変わって翌日。

美咲が教室でも話しかけてこないか戦々恐々《せんせんきょうきょう》としていた瑞樹だったが、その心配はいらなかった。

「美咲に教えてもらった猫《ねこ》動画、昨日家で観《み》たよ。むっちゃよかった！」

「本当!?　あれがツボにはまるならね〜……、こっちもオススメ！」

朝、瑞樹が登校すると、美咲はクラスの女子たちと楽しげに話していた。女子の人間関係は難しいと聞くが、美咲はあっさり打ち解けてしまったようだ。きっと人の心をつかむのが、ものすごくうまいのだろう。三か月このクラスで過ごしてきて、いまだに話す相手がいない瑞樹とは大違いである。

そのまま一日、美咲が瑞樹のところへ寄ってくることはなかった。

やはり昨日の一件は、美咲の気まぐれだったのだろう。

あっという間にクラスの〝仲間〟となった美咲を遠くから見つめ、瑞樹は思う。彼女と自分では、住んでいる世界が違うのだ。

瑞樹にとっては、これがあるべき状態。昨日のことはお祭りのような非日常であり、今日からまたひとりの日々に戻るだけ。

少し寂しさを覚えながらも、瑞樹は戻ってきた日常に胸をなで下ろし、前向きに気持ちを切り替えるのだった。

しかし、放課後。

「あ、瑞樹君。お疲れ〜」

瑞樹がいつもと同じく書庫へ行くと、扉の前に美咲が立っていた。

美咲は瑞樹の到着を待っていた様子で、手を振っている。

瑞樹は……軽くめまいを覚えた。

「瑞樹君がいないから、書庫に入れなくて困っちゃった。その鍵って、どこで借りられるの？　職員室？　今度、借り方教えて。私が先になった時は、借りておくから」

呆然《ぼうぜん》と立ち尽くす瑞樹に向かって、美咲がとても親しげに話しかけてくる。すっかり〝お友達〟といった距離感だ。これが、噂《うわさ》に聞く陽《よう》キャというやつなのだろうか。

だが、残念ながらそんな陽キャとは対極の位置にいる瑞樹は、昨日の今日で美咲のように距離を詰められない。というか、むしろ距離を置きたい。人と一緒にいると緊張で気疲れするので……。

「あの……藤枝さん、どうしてここに？」

「ん？　どうしてって、昨日、『手伝う』って言ったじゃん？」

瑞樹の問いかけに、美咲が「何を当たり前のことを」と言いたげな顔で答える。

予想し得る中で最も回避したかった返答を貰《もら》ってしまい、瑞樹は立ち眩《くら》みを起こしそうになった。それでも気力を振り絞《しぼ》って倒れるのを回避し、最後の望みとばかりに、確認を重ねる。

「その……手伝いっていうのは、昨日限りのことじゃなかったんですか？」

「そんな薄情《はくじょう》なことしないって！　一度やるって言ったからには、最後まで付き合うよ！」

　美咲は善意一〇〇パーセントの笑顔を浮かべながら、「一緒にがんばろうね！」と瑞樹の肩を叩《たた》く。昨日と同じく意識が飛びかけたが、今回はどうにか耐えた。

　恐らく普通の男子なら、この申し出に諸手《もろて》を上げて喜ぶところなのだろう。

　だが、ボッチをこじらせた瑞樹の感想は真逆だ。毎日、女子と書庫にふたりきりとか……メンタルが持たない。

　瑞樹は自分のメンタル崩壊と美咲の厚意《こうい》を断る罪悪感を天秤《てんびん》にかける。そして、とても悪いことをしている気分になりながらも、最後の抵抗を試みることに決めた。

「しかしですね、これは図書委員の仕事であるわけで……。藤枝さんに、そこまでしてもらうわけには……」

「昨日も言ったけど、遠慮しないで。それに瑞樹君だって、自分の意思で仕事を引き受けているんでしょ？　図書委員としての〝普通の〟活動範囲を超えて」

「いやまあ、それはそうなんですが……」

「私も、瑞樹君と同じだよ。私も、この仕事は意味のあることだと思ったから、手伝うことにしたの。それって、何かおかしい？」

「いえ、まったく微塵《みじん》もおかしなところがないです……けど……」

「あ……それとも、やっぱり私みたいな素人《しろうと》がいると邪魔ってこと……かな？」

美咲がしょんぼりした様子で俯《うつむ》く。瑞樹が抵抗する理由を勘違いしたらしい。

瑞樹は……罪悪感でもう立っていることさえできなくなりそうだった。

元々、美咲の厚意《こうい》を断ることに気がとがめていたのだ。こんなことを言われてしまうと、もう逆に断る勇気の方がなくなってしまう。

瑞樹は、降参《こうさん》するように息を吐いた。

「……いいえ、邪魔なんてことはありません。第一、僕だって藤枝さんに偉そうにできるほど、この仕事の経験が豊富ってわけでもないですし」

「それじゃあ――」

「藤枝さんの言う通り、この仕事は僕が勝手にやっていることです。だから、藤枝さんが手伝いたいと言うのであれば、止める権利はありません。とんでもなく地味な作業で恐縮《きょうしゅく》ですが、よろしくお願いします」

そう言って、瑞樹は美咲に向かって頭を下げる。

すると美咲も、「こちらこそ、よろしくね！」と表情を輝かせた。

喜んでもらえたようで、よかった。美咲と一緒にいることで吹っ飛びそうなメンタルは……まあ、気合を入れて持ちこたえよう、と瑞樹は心に誓《ちか》った。

「じゃあ、話もまとまったし、早速お仕事しよう！　瑞樹君、早く開けて！」

「別にそこまで張り切らなくてもいいですよ。のんびりやってる仕事ですし」

「あと、私のことは美咲でいいよ！　名字とか、よそよそしいじゃん。それと、敬語もいらないし。タメ口で話してほしいな」

「な、名前ですか？　それはちょっとハードルが高いというか……。それに敬語は、その……一種の自己防衛本能というか、なんというか……。すみませんが、どちらも前向きに努力するということでお許しを……」

さらに距離を詰めてこようとする美咲に、瑞樹はしどろもどろで答える。

果《は》たして自分は、このテンションにどこまでついていけるのか。彼女を名前で呼べる日なんて来るのか。

瑞樹は先行きに不安を感じながら、書庫の扉を開いた。


「最後までつき合うよ！」という言葉は本気だったようで、美咲は友達との約束がある時以外、本当にほぼ毎日書庫に顔を出すようになった。

書庫へ行けないという美咲からの連絡以外はクラスで話したりすることもないが、放課後になると書庫で一緒に裏方作業をする。別に隠れて付き合っているとかではないが、なんだか二重生活のような感じだ。

そして幸いなことに、瑞樹のメンタルが限界を迎えるということはなく、日を重ねるごとに美咲がいる環境にも慣れてきた。人間の適応能力とは、頼もしいものである。

瑞樹がそんなことを感じているうちに、気が付けば期末テストは終わり、あっという間に一学期も終業式の日を迎えた。

「明日から夏休みか～。ねえ、瑞樹君は夏休みも裏方作業するの？」

図書室から回収してきた要修理の本の破れたページを、水で薄めたでんぷん糊《のり》で貼り合わせながら、美咲が訊《き》く。

裏方作業を手伝ってくれるようになって、約三週間。美咲はあっという間に色々な仕事を覚えてしまった。もはや、すっかり頼もしい仕事仲間だ。

瑞樹も、抜け落ちたページに薄めたでんぷん糊を塗り、本に戻しながら答える。

「ええ、そのつもりです。夏休みなんて、勉強以外は特にやることもないので。週に二回、図書室の開室日がありますから、それに合わせて作業します」

「そっか。じゃあ、私もそこに合わせて来るね。時間は何時頃？」

「別に無理しなくてもいいですよ。せっかくの夏休みなんですから、お友達と遊んで羽を伸ばしてきてください」

「また瑞樹君は、そういうこと言って。女の子と過ごす夏休みとか、瑞樹君の人生初の快挙《かいきょ》でしょ。素直に喜んでもいいんだよ？」

「人生初であることは否定しませんが、面と向かって言われると無性《むしょう》に腹が立ちますね。そういう美咲さんの方はどうなんですか？」

「アハハ。秘密？」

美咲との会話の中で、軽口めいたことまで自然と言えるようになったのだから、本当に成長したものだ。

もっとも、名前呼びについては、結局美咲に押し切られたが……。成長して対人スキルがレベル2になったところで、レベル50くらいありそうな美咲には敵《かな》わないのである。ちなみに敬語の方はどうしても直せなかったので、美咲の方が諦めた。

ともあれ、夏休みのことを話している間に本の修復も終わり、裏方作業も終了だ。

午後の授業もないし、今日はやることが少ないからと、昼食前に終わらせてしまうことにしたのだが、話しながらやっていたせいか、思ったより時間がかかった。

机の上の本やパソコンを片付け、代わりにふたり揃って遅めの昼食を取る。

瑞樹は購買で買ったおにぎりと総菜《そうざい》パン。美咲は手作りの小さなお弁当だ。

高校生になってから、学校で誰かと食事をする機会がほとんどなかった瑞樹にとって、美咲との昼食は懐《なつ》かしくもあり、それなりに楽しいものだった。

そう考えると、今のこれは貴重な時間であると言えるから、もっと大切にするべきなのかもしれない。

お弁当を食べる美咲を見ながら瑞樹がそんなことを考えていると、不意に顔を上げた彼女と目が合った。美咲の濃い焦げ茶色の瞳《ひとみ》に、動揺《どうよう》する瑞樹の姿が映る。

「すみません、食事中にジロジロと見て」

不快にさせたかと思い、瑞樹がすかさず謝る。

「いいよ、別に。向かいに座っているんだから、気にすることないし。見られるのが嫌なら、こんなところに座ってないもん。——まあ、ガン見してほしいとは思わないけど」

対する美咲は、飄々《ひょうひょう》とした様子で答えた。どちらかというと、瑞樹の気を遣いすぎるところに少しばかり呆れているようにも見える。

「それよりも瑞樹君、せっかく一緒にご飯食べてるんだから、何かおもしろい話でもしてよ」

「……えらくアバウトなのに、ハードルの高い要求ですね。無茶振りすぎますよ」

「まあまあ、気にしない、気にしない。たとえば図書委員絡《がら》みで何かおもしろい話やトリビア的なものってないの？」

「そうですね……」

少し具体性が増した美咲の要求に、瑞樹は腕を組んで考え込む。

そのままネタを探すこと十秒ほど。美咲の要望に沿う話題を見つけ、瑞樹は顔を上げた。

「それじゃあ、前に司書教諭の先生に教えてもらったことなんですが——」

「お！　なんか深そうなお話の予感」

「美咲さん、知っていますか？　ゴキブリって、本も食べるんですよ。正確には、本に使われている糊を食べるんですが……。だから、図書室は結構ゴキブリが出るんです。前に、女子がゴキブリの死骸《しがい》を見つけて、悲鳴を上げていたこともありました」

「………。……瑞樹君、必死に考えてくれたのはうれしいんだけど、食事中にその話題はミスマッチすぎると思うよ。控えめに言って……最悪？」

「………。最悪ですか……。そうですか……」

期待から一転、安定の空気読めなさぶりを発揮《はっき》した瑞樹に、美咲がため息交じりで指摘する。

最悪と言われた瑞樹は、頭《こうべ》を垂れて、がっくりと落ち込んだ。考え抜いた末の話題だっただけに、美咲の評価は心に来るものがあった。

すると、不意に美咲が両手で口元を押さえて、肩を小刻みに震わせ始めた。どうやらへこんだ瑞樹の様子が、美咲のツボにはまったらしい。声はどうにか押し殺しているが、笑っているのが丸わかりだった。

「あの、美咲さん。さすがに笑うのはひどすぎませんか？」

「ごめん……、ごめんね……。でも、落ち込んでる瑞樹君が可愛くて……」

「…………」

笑われた上に可愛いとまで言われた瑞樹は、落ち込んでいたのを通り越して呆然だ。まるで魂《たましい》が抜けてしまったかのように真っ白である。

しばらくするとようやく笑いが収まったのか、再び美咲が瑞樹と視線を合わせた。

「ごめん、瑞樹君。もう大丈夫だから」

「すみません、美咲さん。僕は全然大丈夫じゃないです」

「今日は本当にいい日ね～。話が滑《すべ》って落ち込む瑞樹君なんて珍しいものが見られちゃった。さっきのしょんぼりした瑞樹君、怒られたチワワみたいで可愛かったよ」

「ここでさらに追い打ちをかけてくるとは、恐れ入りました。もう勘弁《かんべん》してください」

すっきりした様子の美咲に、瑞樹がどんよりとした顔で応じる。

瑞樹の目は完全に死んでいた。笑われた上に珍獣《ちんじゅう》扱いされたことが、相当こたえている。これはしばらく立ち直れそうにない。

「――でもまあ私、そうやってきちんと感情を表してくれる瑞樹君、結構好きだよ」

「……へ？」

間抜けな声を漏《も》らしながら、瑞樹は美咲の方へ目を向ける。

「だって、最初の頃の瑞樹君って、私のこと警戒して無表情か怯《おび》えるばっかかだったじゃん。まるで借りてきた猫って感じで。でも、今はきちんと感情を見せてくれるようになった。友達として、なんかうれしい」

「そう……なんですかね？」

「そうだよ。だからこれからも、笑える瑞樹君でいてね！」

「……僕も大概《たいがい》だと思いますが、美咲さんも言葉選びというものを少し意識した方がいいと思います」

最後の一言さえなければ、胸打たれて感動していられたのに……。

最後の最後ですべてを台無しにしてくれた美咲に、瑞樹は半眼を向けた。

もっとも、美咲は瑞樹の皮肉《ひにく》を「気にしない、気にしない」とあっさり流す。

あっけらかんとした美咲の態度に、瑞樹は怒るのも馬鹿らしくなり、彼女と一緒になって笑い始めた。

「それにしても、僕っていつの間にか美咲さんの友達だったんですね」

「私はずっとそのつもりだったけど……。瑞樹君的には、もしかして迷惑だった？」

瑞樹の一言に、美咲が窺《うかが》うような素振りで問いを投げかける。

「いえ、僕としてはうれしいくらいです。友達ができたのなんて、小学生の時以来ですから」

「サラッと悲しいこと言わないで。そんなことカミングアウトされても、返答に困るよ……」

「ついでに言うと、その頃の友達とは完全に交流がなくなってしまっているので、現在進行形では美咲さんが唯一《ゆいいつ》の友達です」

「いやいや、それは『ついで』で済ませていいことじゃないって！　重いってば！」

瑞樹から連発される悲しすぎるカミングアウトに、美咲が悲鳴を上げる。

瑞樹本人としてはボッチであることに寂しさを感じていないが、美咲を困らせることができたのならラッキーだ。ここまで散々いじられてきたのだから、少しくらい仕返ししても罰《ばち》は当たらないだろう。だって――〝友達〟なのだから。

「さて、仕事も終わりましたし、今日はそろそろ帰りますか」

「あ、もう三時か。――うん、そうだね」

美咲に声をかけながら、瑞樹はごみを袋に入れ、用意しておいた濡《ぬ》れ布巾《ぶきん》で机を拭く。万が一、机に食べかすなんかが落ちていると、本がかびる原因になってしまうので。

美咲も返事をしながら、自分の弁当箱を片付けた。そして、入れ違いにカバンからピルケースを取り出し、いくつもの錠剤《じょうざい》を口に放り込んで、水で飲み下した。弁当箱も小さいものだったから、栄養補助のサプリメントか何かだろうか。

と、その時だ。

「あ、やば！」

何やらしくじり顔で声を上げた美咲を、瑞樹は何かあったのかと不思議に思いながら見つめる。

そんな瑞樹に向かって、美咲は少し申し訳なさそうに顔の前で手を合わせながら言葉を継《つ》いだ。

「ごめん、瑞樹君。あとちょっとだけ、時間ある？」

「ええ、大丈夫ですが……。どうかしましたか？」

「実は、〝友達〟の瑞樹君にひとつお願いがあって……」

「お願い……ですか？　〝友達〟の僕に？　一体、どんな……？　――ハッ！　もしや、お金ですか!?」

何となく嫌な予感を覚え、発想を飛躍《ひやく》させつつ、瑞樹は先を促すのだった。

3

＊　＊　＊

瑞樹は、夢を見ていた。

どこかの病院の診療室と思われる場所。目の前には、医者と思《おぼ》しき白衣を着た男性が座っている。

見覚えのない場所。記憶にない光景。いつかと同じ、誰かの記憶の夢だ。

手元の書類に目を落としていた医者が、こちらに向かって何かを話し始める。

しかし、その声は、まるで扉越しに聞いているかのようにくぐもっていて、まったく聞き取ることはできない。

理由はわかる。この体の持ち主が、聞くことを拒否しているからだ。

けれど——

「早ければ一年。どんなに長くても二十歳までは生きられません」

この言葉だけは、はっきりと聞き取ることができた。

同時に、視界が下へ向いた。体の持ち主が、俯いたのだ。瑞樹には、この誰かの激しい動揺がこれでもかというほど伝わってきた。

そして、まるで底なし沼に囚《とら》われていくような感覚を共有しながら、瑞樹の意識は深い闇へと落ちていった……。

＊　＊　＊

数日置いて、土曜日。午前中から市街地に出てきた瑞樹は、駅前広場の時計塔の下で、ひとりボサッと突っ立っていた。休日ということもあって、Tシャツにチェックの上着、グレーのチノパン、スニーカーという装《よそお》いだ。身長が低いというわけではないが、童顔なせいかへたをすると中学生くらいにも見える。

周りを見渡せば、自分以外にも人待ちと思われる人たちがいる。よもや自分がそんな中に紛《まぎ》れる日が来るなんて、夢にも思わなかった。

では、なぜこんな待ち合わせスポットの定番のような場所に、瑞樹が立っているのか。それには、もちろん理由がある。

瑞樹の頭に蘇《よみがえ》るのは、あの日の昼のことだ。瑞樹がここに立つことになったきっかけ、それは美咲が発した一言だった——。

「お金って何!?　違うからね！　ちょっと私と一緒に、映画を観に行ってほしいって話だからね！」

「あ、何だ、映画のお誘いですか。…………って、映画？　ふたりでですか？」

あの日の美咲お願い。それは、映画に付き合ってほしいというものだった。

身構えていた瑞樹としては、肩透かしを食らった感じだ。ただ、安心すると同時に、瑞樹の中でひとつの疑問が浮き上がった。

「映画なら、僕なんか誘わなくても女子のお友達と行けばいいんじゃないですか？　美咲さん、クラスにたくさん友達がいるんですから」

「あ〜、いや……。なんというかね、一緒に観に行ってくれる人がいないというか……。かと言って、ひとりで観に行くのはちょっと勇気が……」

「誰も一緒に行ってくれなくて、ひとりで観るのも気が引けるって……一体どんな映画を観るつもりですか？」

「普通の映画だよ！　別にR指定されているわけでもない、普通の映画！　というか、瑞樹君も『観に行きたい』って言ってたやつ！」

恐る恐る尋ねる瑞樹に、誤解を受けたと思ったらしい美咲が、まくし立てるように言う。その勢いのまま、観たい映画のタイトルも明かしてくれた。

確かにそれは、テレビでも予告編のＣＭが流れているＳＦ超大作の最新作で、いかがわしいものではなかった。この点については、瑞樹も一安心である。

ついでに言えばこの映画、前作までを見ていないと話についていけないし、ファン層が圧倒的に男性に傾いているものでもある。

「まあ確かに、あの映画だとシリーズを観ていない女性からは断られるかもしれませんね。男からすると、あの映画はロマンの塊《かたまり》なのですが……。たとえば前作の――」

「本当に、そんな感じなんだよね。みんな、興味ないって。まあ、私も瑞樹君の熱弁がなければ、興味持ってシリーズ観たりしなかったし。かといって、男の人ばっかのところにひとりで行くのも、ちょっと怖いかなって……」

瑞樹の長くなりそうな語りを遮《さえぎ》り、美咲は重いため息をついた。

ちなみに美咲が言っていた通り、瑞樹はその映画シリーズの大ファンで、今作も映画館へ観に行くつもりでもいる。

そして瑞樹は人ごみが好きではないので、観に行くのは公開から一か月くらい経過してからと考えていた。つまりは、ちょうど今頃だ。

なので、誘いの内容自体は、瑞樹としても受けて問題ない。ただ、唯一問題があるとすれば……誘いをかけてきたのが美咲ということだろう。

「瑞樹君、どうかした？　難しい顔なんかして」

「いや、僕が美咲さんと学校の外で会ってもいいものだろうかと思いまして……。と言いますか、これ、普通にやばいのでは？」

「やばいって……ああ！　もしかして瑞樹君、同じクラスの人に見つかったら～とか思ってる？　冷やかされたらどうしようとか？　うーん、確かにそれはちょっと照れるかも。アハハ」

美咲が、少し顔を赤くしながら笑う。

しかし、瑞樹は「いや、そうではなく」と首を振り――。

「僕と美咲さんが一緒にいると、傍目《はため》には〝たかられている憐《あわ》れな男子高校生〟に見えるのではないかと……。もしくは、〝お金払って遊んでもらっている〟的な……」

「……ごめん、瑞樹君。私もさすがに、今のはイラッてきたかも」

笑顔から一転、美咲がフルフルと震えながら、頬を膨《ふく》らませて瑞樹を睨《にら》む。どうやらお金を巻き上げる性悪女《しょうわるおんな》的な立ち位置にされたことに、腹を立てているらしい。

「すみません、冗談です」

場の空気を読むのが苦手な瑞樹も、さすがに身の危険を感じ、すかさず頭を下げた。

胸の内では割と本気でそう考えていたのは、瑞樹だけの秘密だ。

瑞樹が謝ると、美咲もひとまず睨むのはやめてくれた。

「まあ、いいけどね～。それと安心して。誰も、瑞樹君ごときがどこで誰と何してようと見向きもしないから」

「美咲さん、確実にまだ怒ってますよね。謝りますから、許してくださいって」

瑞樹がもう一度謝るが、美咲は「別に怒ってないし」とそっぽを向く。

「そんなことより、予定の方！　観に行くのは、今度の土曜日でいいよね。上映開始がこの時間だから……うん！　十時半に駅前広場の時計塔前に待ち合わせで」

「あ、もうそこまで決定なんですね……」

スマホで劇場のサイトを確認しながら、美咲がさっさとスケジュールを組んでいく。

拒否権はないらしく、瑞樹は諦めたような声を出すのだった。

以上が、終業式の日の帰りがけにあった、瑞樹と美咲のやり取りだ。世の中、予想外のことが簡単に起こるものである。――と、瑞樹が考えた時だった。

「――あれ？　瑞樹君、早いね」

後ろから声をかけられ、瑞樹が声のした方へ振り返る。そこには思った通り、美咲が立っていた。

ノースリーブの白トップスに、パステルブルーのマキシスカート。暑さ厳しい中でも涼しげで、清潔感がある服装だ。髪も編《あ》み込んでいて、学校の時より大人っぽい。いつもと違う雰囲気の美咲に、瑞樹は思わずドキッとしてしまった。今さらながら、〝女子〟と出掛けているのだと意識してしまう。

「ごめんね。私が持ちかけた約束なのに、待たせちゃって」

「い、いえ。約束の時間は十時半でしたし、問題ないですよ」

心臓を落ち着けることも兼ねて、瑞樹は美咲の背後にある時計塔を見上げる。時計の針が指し示しているのは十時二十五分だ。謝ってもらう必要はない。

「それに、僕もそれほど待っていませんよ。十分くらいですかね」

「ここで正直に何分待ったか言っちゃえるところが、瑞樹君だよね。こういう時はさ、嘘でも『今来たところ』って言わないと」

「それってよく聞くセリフですけど、実際に言う人いるんですか?」

「さあ? 少なくとも私は聞いたことないかな」

瑞樹の純粋な疑問に、美咲は笑顔のまま首を振って返す。

そして、少しいたずらっぽい目つきで瑞樹を上目遣いに見上げた。

「それにしても、約束の十五分前から待っていたんだ……。瑞樹君、そんなに今日が楽しみだったの?」

「それはもちろん楽しみですよ! 自慢じゃないですが、僕、この映画シリーズはすべて映画館で鑑賞しているんです。今作も、予告編が公開された時から楽しみにしていました!」

「……うん、そういう意味じゃないんだけどね。瑞樹君にこの質問をぶつけた私が馬鹿だったわ」

楽しみかと聞かれ、素直にワクワクした面持《おもも》ちで答える瑞樹。完全に意識が映画に向かってしまっている。

対する美咲は、「まったくこの男は……」と小声で漏らしながら、ため息をついた。

「まあいいや。ちょっと早いけど、映画館へ行こう。チケットを買わないといけない

「そうですね。せっかく高いお金を払って観るのですから、少しでも良い席を確保したほうが得です。急ぎましょう、美咲さん！」

ややトーンダウンした美咲に、瑞樹がテンション高く応じる。

ふたりはテンションやら何やらがちぐはぐなまま、雑踏《ざっとう》の中に足を踏み出した。

駅前で合流してから、およそ三時間半。

「いやー、大満足！　真剣に映画観るのって、楽しいけど結構疲れるね」

「そうですね。でも、心地良い疲れです」

目的の映画をなかなか良い席で鑑賞した瑞樹と美咲は、そんなことを話しながら映画館近くのカフェに入った。

瑞樹は運ばれてきたアイスコーヒーにガムシロップとミルクを入れ、一口飲む。二時間以上映画に集中し続けていたから、冷たいコーヒーが火照《ほて》った体に染み渡る。そしてコーヒーを飲んだあとに残るのは、素晴らしい映画を心ゆくまで堪能《たんのう》したことから来る、心地良い脱力感だ。本当に最高である。

向かいの席では、同じく美咲がカフェオレに口をつけ、ホッと一息ついている。

と思ったら、美咲は瑞樹に向かって、不意に頭を下げた。

「瑞樹君、さっきは映画を奢《おご》ってくれて、ありがとね」

「へ？　ああ、別に気にしないでください。十分に軍資金《ぐんし》を貰っていたので」

アイスコーヒーを一旦テーブルに置き、瑞樹は首を振った。

確かに美咲が言う通り、映画の料金は美咲の分も瑞樹が支払った。

しかしそのお金、実は瑞樹のお小遣いや貯金ではないのだ。

「実は昨日の夜、偶然家に帰っていた叔父に、美咲さんと映画を観に行くって話したんですよ。そしたら、『男のたしなみだ』と言って一万円をくれまして……。だから、僕は叔父の言いつけを守っただけなんです。お礼なら、むしろ叔父に言ってください」

「アハハ。そういうのを包み隠さず言っちゃえるのが、瑞樹君らしいね。カッコつけないというか、馬鹿正直というか。じゃあ、叔父さんにも『ありがとうございます』って言っといて」

「わかりました。今夜、伝えときます」

愉快《ゆかい》そうに笑う美咲に、瑞樹もコクリと頷いて応じる。

「それにしても、映画館で観ると本当に大迫力だったね。私、映画館ってもう何年も行けてなかったんだけど、これは観に来た価値あったかも」

「美咲さんもそう思いますか！　僕も同じ気持ちです。ちなみに僕としては、宇宙戦《せん》艦隊《かんたい》の戦闘《せんとう》シーンが一押しだったのですが、美咲さんはどうでしたか？」

「うんうん！　確かにあれはすごかった。音でビリビリきたし」

「ですよね！　このシリーズ、艦隊戦は売りのひとつですけど、今回はシリーズ最高の出来だったと思います！　それに今作は、ストーリー良し、役者の演技良し、映像技術良し！　過去作に見劣《おと》りしないどころか、ＣＧなどの技術を正統に進化させた素晴らしい作品です！　僕の中で、今年の映画ナンバーワンは確実ですね。公開を待っていた甲斐《かい》がありました！」

映画館のスクリーン一杯に展開された迫力の戦闘シーンを思い出したのか、瑞樹が目を輝かせながら熱っぽく語る。完全にスイッチが入った様子だ。

美咲はそんな瑞樹に圧倒されて、「おお……」と軽くのけぞる。そして、どうにかこうにかという様子で、その後も続く瑞樹のマシンガントークに相槌を打った。

ただ、それも限界を迎えたのだろう。

「み、瑞樹君、ちょっと落ち着こう！」

美咲が瑞樹の言葉を遮り、どうどうとなだめるような仕草をする。

突然話をストップされた瑞樹は、きょとんとした顔だ。

ただ、すぐさまここ数分の出来事を振り返り、美咲の行動の意味を考えた瑞樹は、シュンとした様子で口を開いた。

「すみません。僕、また暴走してしまって、ひとりでいつまでもベラベラと……。こんな風に話されたら、疲れますよね。本当にすみません」

深々と頭を下げ、瑞樹が反省の言葉を並べる。

美咲のことも考えず、自分勝手に好き放題しゃべり続けてしまった。自分ばかりを優先し、美咲の気持ちを考えることができていなかった。結果、美咲を不快な気分にさせてしまった。自分の無礼《ぶれい》を、瑞樹は全身全霊をもって美咲に詫《わ》びる。

「あ、いや……確かに瑞樹君のマシンガントークには圧倒されたけど、そこまで必死に謝らなきゃいけないことじゃないから。感想を言い合うのは、映画を観たあとの醍《だい》醐《ご》味《み》だもんね。——ただ、それとは別に私も瑞樹君に話したいことがあったから、ちょっと落ち着いてくれたらうれしいなって……」

すっかり意気消沈《しょうちん》した瑞樹を気遣うように、美咲が言う。

対する瑞樹の方も、下げていた視線を上げて、不思議そうな顔で美咲を見つめた。

「僕に話したいことですか？　何です？」

「とても真面目で、大切なお話……。今日、映画に誘ったのも、半分はこの話をするのが目的だったんだ」

瑞樹に先を促された美咲が、ちょっと申し訳なさそうな表情で前置きのように言う。

美咲の表情から察するに、むしろ映画がついでで、この話が本題とも思えた。映画を観たかったというのも嘘《うそ》ではないだろうが、ダシに使った感もあるので、申し訳なさそうなのだろう。

では、美咲が話したい大事なこととは、何だろうか。それも、わざわざ学校外に瑞樹を誘った上で……。

瑞樹は、頭をフル回転させて答えを探る。

「あ、もしかして、裏方作業のことですか？　手伝いができなくなったとか……」

「ううん、違うの。手伝いは、これからもやるよ。話したいのは学校関連のことじゃなくて、もっとプライベートなこと」

瑞樹の推測に対し、美咲は間髪《かんはつ》入れずに否と返した。瑞樹が思い当たる節《ふし》はこれしかなかったのだが、どうやら外れだったらしい。

ちなみに、美咲がいなくならないことに少し安心したのは、瑞樹だけの秘密だ。

それはさておき、当てが外れたとなると本格的に話の内容がわからない。

学校は関係なくて、もっとプライベートな話……。そして、真面目《まじめ》であり、大切な話……。

美咲が上げたキーワードを、瑞樹はもう一度吟味《ぎんみ》していく。そしてじっくり考えること一分。瑞樹の頭に、ひとつの突飛《とっぴ》な推理が浮かんだ。

……あれ？　これはもしかして、あれだろうか。よく小説などで出てくる〝告白〟

というやつ。もしや、ついに自分にも、噂に聞く〝モテ期〟というやつが来たということだろうか――。

しかし瑞樹は、さすがにそれはないだろうと、自身の推理をすぐに否定した。

自慢ではないが、十六年半の人生で女性に好かれたことなど一度もないのだ。というか、好かれる以前に相手にされたことがない。

そんな自分が、誰かから告白される？　ハハハ、ご冗談を。

……いや、しかしだ。美咲の思わせぶりな態度は気になるところでもある。何かの間違いとかでワンチャンスあるということも――。

「あ、一応言っておくと、『付き合ってください』とか、そういう恋愛系の告白でもないよ」

「あ……そうですか。そうですよね……」

考えていたことが、完全に顔に出ていたのだろう。美咲が先回りするように瑞樹の都合の良い想像を一刀両断《いっとうりょうだん》した。解釈の入る余地もないほど、無慈悲《むじひ》にバッサリだ。

淡い希望を木っ端《こっぱ》みじんに打ち砕《くだ》かれた瑞樹は、がっくりと肩を落とした。

「でも、当たらずとも遠からずといったところかな。恋人になってくださいっていう相談じゃないけど、別のものになってほしいっていう相談だから」

「別のもの……ですか？」

持って回った言い方をする美咲に向かって、瑞樹は首を傾《かし》げる。

今の瑞樹と美咲は、クラスメイトで、同じ裏方作業をする仲間で、美咲の言うところの友達だ。恋人以外で、これ以上にどんな関係を結びたいというのか。瑞樹には、美咲の考えをまったく推し量ることができなかった。

「ごめんなさい。美咲さんが何を望んでいるのか、僕にはまったくわかりません。答えを教えてもらっていいですか？」

瑞樹はひとつ息をついて、美咲に白旗《しろはた》を上げた。

すると、美咲は「わかった」と頷いて、仕切り直すように咳払いをし——

「瑞樹君、私と——同盟を結んでくれない？」

と、瑞樹に告げた。

「同盟……ですか？」

一方の瑞樹は、きょとんとした表情だ。予想していなかった申し出に、ちょっと思考が追い付かない。

同盟。英語で言ったらアライアンス。歴史の授業で習うイメージから、どうにも物々しい雰囲気を感じる言葉だ。高校生が普通に生活している上では、ほとんど口にする機会がない言葉だろう。

ではなぜ、美咲はそんな契約のような関係性を持ち出してきたのか。

「ええと、すみません。どうして、わざわざ同盟なんて堅苦しそうなものを？　一応僕ら、友達なんですよね。それじゃあ、ダメなんですか？」

瑞樹が、とりあえず思ったままのことを伝える。

瑞樹の疑問は美咲も予想していたもののようで、「うん、ダメ」と即座に首を振った。

「だって、私が同盟を結ぶ相手に求めたいことは……ただの友達に頼むには、重すぎることだから」

「重すぎる……ことですか？　すみません。美咲さんが僕に何を求めているのか、やっぱりまったくわからないです」

美咲が困ったように笑いながら告げた言葉に、瑞樹はお手上げというように首を振った。

同盟を結びたい。求めるのは、ただの友達では頼めない、重すぎること。

瑞樹の想像力では、美咲の望んでいることが何なのか、見当もつかない。

すると、困惑する瑞樹へ、美咲が不意にこんなことを言い放った。

「実はね、私、病気なの。もう余命《よめい》宣告を受けているんだ」

「…………え？」

美咲の口調は、まるで雑談でもするかのようにさらりとしたものだった。表情も、とても穏やかなもので、嘆《なげ》きや悲しみは感じられない。

だから瑞樹も、美咲の口調や表情と告げられた内容にギャップがありすぎて、すぐに理解することができなかった。

しかし、時間が経《た》つに従って、事の重大さが理解できてくる。

理解できて……瑞樹は手足の指先が冷たく痺《しび》れていくのを感じた。それくらい、美咲の言葉は衝撃が大きいものだった。

「……それは、本当のことなんですか？」

「うん、本当。さすがの私も、こんな笑えない話を冗談で言ったりしないよ」

美咲は再び苦笑しながら頷く。

もちろん、瑞樹にだってわかっていた。美咲がそんな笑えない冗談を言うような人じゃないことは……。それに、それほど重い病気に罹《かか》っているというならば、先日の昼食の時に服用《ふくよう》していた大量の薬にも合点《がてん》がいく。

だからこそ、確認せずにはいられなかった。

「それなら、入院していなくてもいいんですか？　きちんと治療を受ければ、もっと長く生きることもできるのでは？」

「そうだね。本当なら、入院しているべきなんだと思う」

「じゃあ……」

「でもね、お医者さんから『入院していても、二十歳まで生きられない』って言われたの。『早ければ、一年も持たないかもしれない』って。だったら、やりたいことをやろうと思って、寿命が縮んでも退院することを選んだ。私、死ぬまでにどうしてもやりたいことがあったから……」

心配そうに言い募《つの》る瑞樹へ、美咲は穏やかに微笑みながら丁寧に答えていく。

その選択の先に待ち受けるすべてを覚悟の上で、美咲は今ここにいるのだ。穏やかな表情だからこそ、その決意の固さがより強く伝わってくる。

加えて、二十歳まで生きられない、早ければ一年という美咲の言葉に、瑞樹は引っかかりを覚えた。つい最近、どこかで似た話を聞いたような、そんな気がするのだ。

ただ、どこで聞いたのか思い出すことができず、瑞樹はひとまずその既視感をスルーした。

そして、ここまで言われれば、瑞樹もわかった。

彼女が同盟を結ぶ相手に求めたいこと。それは――

「じゃあ、友達には頼めない重すぎることっていうのは……」

「うん。私が死ぬまでにやりたいことのうち、いくつかに付き合ってほしいの」

瑞樹が思い至った通りの答えを、美咲が開示する。

いや、それだけでない。

「もちろん、私にだけメリットのある不公平な同盟にはしないつもり。私にできることなら、何でも瑞樹君の要望に応えるよ」

同盟なのだから、立場は対等。受けた恩はきっちり返す。——とでも主張するように、美咲は瑞樹に対して提案する。

ただ——

「いやいや、女の子が『何でも要望に応える』とか、言っちゃダメですって」

いきなりそんなことを言われても、瑞樹には「じゃあ、それで」なんて言える度胸もノリの良さもありはしない。初心《うぶ》な反応を丸出しにしつつ、美咲の言動に危うさを感じて心配するという、逆に器用と言えそうな対応をするのが精々だ。

「アハハ、心配しないで。私もそういうところは弁《わきま》えてるから。それに、そうやって心配してくれる瑞樹君だから、この条件を出しても大丈夫だって思ったの。つまりこれは、私から瑞樹君への信頼の証しって感じ」

瑞樹の反応に、美咲もうれしそうに微笑む。

信頼に満ちた笑顔でそんなことを言われてしまうと、瑞樹としてもうれしいやら、恥ずかしいやら。思わず顔が真っ赤になってしまう。

しかし、照れてばかりもいられない。

美咲が死ぬまでにやりたいことに付き合う——。責任重大な役回りであり、彼女が言う通り、自分が背負うには正に〝重すぎること〟だ。当然ながら、不安が鎌首《かまくび》をもたげてくる。

「僕なんかで……美咲さんのやりたいことに付き合い切れるでしょうか」

「大丈夫だよ。そんなに難しいことじゃないから。詳しいことは同盟を組んでから教えるけど、一緒にお出掛けしてほしいとか、そんな感じ」

「でも、僕なんかと出掛けても、大しておもしろくないでしょ。雑談だってへたですし……。単に遊ぶだけなら、女友達と遊んだ方が、気楽で楽しいんじゃないですか？」

自分が人間味に欠ける男であることは、瑞樹も自覚している。そんな人間と遊んだところで、楽しいとは思えない。美咲に残された時間を、いたずらに浪費するだけだろう。

しかし、美咲は「そんなことないよ」と首を振った。

「現に私、今日、すごく楽しいし。瑞樹君の前では自分を飾らなくていいっていうか、自然体でいられるんだもん。今日の映画、一緒に観たのが瑞樹君で、本当によかったと思ってる」

「そう……なんですか？」

「うん！　瑞樹君は、もっと自分に自信持って。それに私は、この同盟を他の誰でもなくて瑞樹君にお願いしたいの！」

戸惑う瑞樹に対して力強く肯定し、その上、瑞樹でないと意味がないと言わんばかりの口調で、美咲が力説する。

自分と一緒にいて楽しい。そう言ってもらえるのがこんなにもうれしいなんて、思いもしなかった。だがそれ以上に瑞樹は、美咲がなぜこんなにも自分を評価するのかわからず、むしろ戸惑いは増すばかりだ。

一方、今の力説は美咲にとっても口が滑ったレベルのものだったらしい。何やら、ちょっと『やってしまった！』感のある顔になっている。というか、今さら恥ずかしくもなったのか、トマトみたいに真っ赤だ。

ただ、美咲はすぐ取り繕《つくろ》うように咳払いをして、にっこり笑顔を見せた。

「えーと、瑞樹君がいいっていうのは……そう！　瑞樹君って見ていて割と愉快だから！　うん！　さっきも言ったけど、もっと自信を持っていいよ！」

「…………。それは、ほめているんですか？」

「ほめてるよ。ボッチな割に、瑞樹君はコミュニケーション力が高いと思う。だから安心して、これからも空回《からまわ》って――色々話してね！」

「それ、明らかにコミュ力高い人間のやることじゃないですよね？　というか、やっぱり美咲さん、僕のこと馬鹿にしていますよね？」

瑞樹がツッコミを入れるが、美咲は「そんなことないよ～」とニコニコ笑う。

美咲が何かをごまかしたのは、瑞樹にもわかっている。ただ、美咲にそれを明かす意思はないようだ。

「まあ、見ていて愉快っていうのは、さすがに冗談だけど……瑞樹君に頼みたいって気持ちは本当だよ。――だから、お願い。しばらくの間、私に付き合って」

居住《いず》まいを正した美咲が、そう言って瑞樹に頭を下げてくる。

一方の瑞樹は、まだ心構えができていない。どう答えるべきなのか、まだ自分の中で考えがまとまっていないのだ。

「あー……。同盟を組んだら一緒にお出掛けとか、まるで本当に交際するみたいですね……なんちゃって……」

そのせいで、こんな苦し紛れにもなっていない軽口が出てしまう。言ってしまってから、あまりの情けなさに後悔する。

「……すみません、今の発言は忘れてください」

「そうなの？　別に私は、瑞樹君の要望にお応えして〝恋人同盟〟に名前を変更してもいいよ。それでも私の目的は果たせるし、瑞樹君もそういうのが気になるお年頃だろうし」

「大きなお世話です！　第一、少し前に『恋愛系じゃない』と言われた相手を、どういう顔して〝恋人〟と呼べと？　それだと僕、本当にそういうビジネスのお客さんみたいじゃないですか」

「なるほど。それは私も嫌かも。じゃあ、〝恋人同盟〟に名前を変えるのは、なしということで」

そう言って、美咲が名称変更を撤回する。

今のはたぶん、瑞樹を悩ませてしまっていることに対して、美咲なりに気を遣ったのだろう。こう、場の空気を和ませる的な感じで。

ただ、空気が緩んだら瑞樹の結論が出るというものでもないわけで……。

「……美咲さん。同盟の件ですけど、やっぱりすぐには答えられないです。自分に務まるのか、まだ自信が持てなくて……。本当にすみません」

返事を引き延《の》ばすなら、せめて今の気持ちだけでも正直に伝えるべき。そう結論付けて、瑞樹は飾らない本音を美咲に告げた。

「そっか……。まあ、私もいきなりだったし、当然だよね」

瑞樹の本音に、美咲も仕方ないかといった様子の苦笑で頷く。

ただ、ここでそのまま終わらないのが美咲であって――

「じゃあ、とりあえず仮契約ってことで、私のやりたいことのひとつに付き合ってくれない？　それで、正式に同盟を結ぶか決めるってのはどう？」

と、すぐさま次の提案を出してきた。

大きすぎる要求を出したあとに、頷きやすいレベルの少し小さな要求を出す。意識してやっているのかは知らないが、うまい交渉術だ。

そして、事情を聞いてしまった以上、瑞樹としても美咲の願いを無視できないのも事実。瑞樹は美咲の術中にはまっていると実感しながらも、降参《こうさん》とばかりに頷いた。

「……わかりました。それじゃあ仮契約ってことで、美咲さんの申し出、謹《つつし》んで受けさせていただきます」

「ホント!? やった!」

「あくまで仮契約ですからね。あんまり期待しすぎないでくださいよ?」

「それでもいいよ。ありがとう!」

次につながる返事を貰えたからか、美咲がうれしそうにお礼を言ってくる。

と思ったら、美咲は自分の右手を瑞樹に向かって差し出してきた。

「ええと、何ですか?」

「何って、握手。仮とはいえ、同盟を結んだ記念に」

にっこり笑って、美咲が言う。

対する瑞樹は、ポカンとした顔で差し出された右手と美咲の笑顔を交互に見つめた。

これは、握り返すのが礼儀というものだろう。と言っても、母以外の女性の手を握るなんて小学校の低学年以来のことだ。瑞樹はテーブルの下で手のひらの汗をぬぐい、緊張したまま美咲の手を握った。

「それじゃあ改めてよろしくね、瑞樹君」

「え、ええ……。こ、こちらこそ」

満面の笑みの美咲に、瑞樹は緊張にひきつった笑顔で応える。

こうして、ふたりの奇妙な同盟関係が、仮という形ではあるが始まったのだった。

第二章　ふたりの同盟

1

瑞樹と美咲が仮契約による同盟を結成してから数日後。七月が終わり、八月の初旬に入った平日の昼下がり。

「へぇ～、ここが瑞樹君の家か。叔父さんと男ふたりの割には、綺麗にしてあるじゃん！」

瑞樹の家の玄関に、美咲のはしゃいだ声がこだましていた。好奇心旺盛《おうせい》な瞳で、物珍しそうに家の中をキョロキョロと眺めている。映画を観に行った時は避暑地《ひしょち》のお嬢様といった感じの装いだったが、今日はデニムのハーフパンツに半袖パーカーという動きやすそうな服装だ。

ちなみに、瑞樹は映画を観に行った時とさほど変わらない。ボッチ歴が長いので、人様の前に出られそうな私服の組み合わせは少ないのである。

小学校六年の頃から叔父とふたり暮らしの瑞樹にとって、自分の家で女性の声を聞くのはどこか変な感じだ。というかそれ以前に、同い年の女子が自分の家にいるというだけで緊張して、浮足《うきあし》立った気分になる。

ひとまず落ち着くために深呼吸をしよう。

瑞樹は美咲に気付かれないよう、深く空気を吸い込んで呼吸を整えていく。頭に酸素が回ってくると、少しは冷静さを取り戻してきた。これなら、何とかなるだろう。

「すみません、美咲さん。とりあえず、そこの居間へ——」

改めて美咲の方に向き直った瑞樹が、部屋の場所を指さしながら言う。

しかし、その声は途中で止まってしまった。なぜなら、つい今し方までそこにいたはずの美咲が、いきなり消えてしまったからだ。

瑞樹が首を傾げながら辺りを見回すと、廊下の奥の部屋の前に、美咲の姿があった。

「美咲さん、どうかしましたか？」

「あ、瑞樹君。ごめんね、勝手に奥まで来ちゃって」

「いえ、それは構わないのですが……。あ、お手洗いなら、少し戻って右です」

「……瑞樹君、女子相手にいきなりその台詞《せりふ》は、さすがにないんじゃないかな。というか、違うからね」

瑞樹のデリカシーがなさすぎる発言に、美咲がため息をつく。

「玄関からこのお仏壇《ぶつだん》がチラッと見えたから、つい来ちゃったの。何となく気になって」

「ああ、これですか。これは、僕の祖父母と……母のものです」

美咲が指さした仏壇を、瑞樹は穏やかな目で見つめる。

すると、美咲も感慨《かんがい》深げな眼差しを仏壇へ向けた。

「瑞樹君のお母さんの……。そっか」

「ええと、どうかしましたか？」

「ううん、気にしないで。それより瑞樹君、少しだけお仏壇に手を合わせていってもいい？」

「え？　ええ、別にいいですけど……」

突然の申し出に、瑞樹は戸惑いながら頷く。高校生が友達の家に行ったら、仏壇に手を合わせるのが礼儀なのだろうか。瑞樹にはわからない。

瑞樹が不思議に思っている間に、美咲は部屋に入って仏壇の前に正座し、静かに手を合わせた。瑞樹の目からは、美咲が本当に真剣にお参《まい》りしているように見える。

しばらくすると、美咲はホッと息をつき、仏壇の前から立ち上がろうとする。

――と、その瞬間、不意に美咲の体がぐらついた。

「美咲さん！」

倒れそうになった美咲を、いち早く異変に気が付いた瑞樹が支える。病気であるということを聞いて以来、一緒にいる時は常に気にかけるようにしていたのが功《こう》を奏《そう》した。

「ありがとう、瑞樹君。もう大丈夫。急に立ち上がったから、立ち眩みしただけ」

「なら、いいですけど……。辛《つら》かったら、いつでも言ってください。無理しちゃダメです」

「うん」

心配する瑞樹に向かって頷き、美咲は自分の足でしっかり立つ。今度は、ぐらついたりすることもなかった。

「あ、それと手を合わせさせてくれたことも、ありがとう。いきなり変なこと頼んじゃって、ごめんね」

「いえいえ。むしろこちらこそ、ありがとうございます。祖父母と母も、きっと喜んでいると思います」

「そうかな。もしそうなら、うれしい。——それじゃあ、そろそろ戻ろっか」

「ええ。それじゃあ、こちらへ」

仏壇がある部屋をあとにして、今度こそ居間へと向かう。

美咲の前を歩きながら、瑞樹は彼女がこの家にいるというこの状況を、やはり不思議に感じていた。

では、なぜ美咲が瑞樹の家へ来ることになったのか。

答えは、昨日の昼まで遡《さかのぼ》る——。

「瑞樹君。明日、瑞樹君の家に行ってもいい？」

「……はい？」

美咲が唐突にそんなことを言ってきたのは、裏方作業の合間に、ふたりで昼食を取っている時だった。

普段の雑談と変わらない調子で差し込まれた美咲の言葉に、瑞樹はしばし呆然とし、最終的に首を傾げた。

「あれ？　ごめん、聞こえなかった？　明日、瑞樹君の家に行ってもいいかなって訊いたんだけど……」

瑞樹が黙っていると、美咲がもう一度言い直した。

どうやら先程の発言は、瑞樹の聞き間違いではなかったらしい。自身の耳も頭も正常だったと判明し、瑞樹が内心でホッと胸をなで下ろす。

ただ、安心している場合ではない。聞き間違いではないのなら、それはそれで問題だ。

瑞樹は能天気に玉子焼きを口に運ぶ美咲へ、非難交じりの視線を向けた。

「いや、普通にダメでしょ、そんなの。年頃の娘さんが僕みたいな得体《えたい》の知れない男の家に行くとか、何考えているんですか？　美咲さん、馬鹿なんですか？　万が一何かあったら、どうするつもりですか。もう少しものを考えて発言してください」

「……うん。私も、まさかここまで猛烈《もうれつ》な反応が返ってくるとは思わなかった。『何かする気なの～？』ってからかう気も失《う》せるくらい卑屈だね。瑞樹君、そんなだと一生結婚できないよ」

「知っていますよ、そんなこと。というか、そんなわかり切ったことはどうでもいいです。それよりも僕の家に来たいって、一体どういうつもりですか？」

「どういうつもりも何も、仮同盟のお試し活動をしたいって思っただけだけど……。他に何があるの？」

呆れ眼の美咲に問い返され、瑞樹の勢いが一気に止まった。

冷水をぶっかけられたかのように冷めた頭で、瑞樹は考える。

言われてみれば、美咲が瑞樹の家に来たい理由なんて、同盟絡みしかあり得ない。「家に行ってもいい？」という言葉のインパクトに圧倒され、完全に自分を見失っていた。

「……すみません。ちょっと衝撃が強すぎて取り乱しました」

「うん、素直でよろしい。まあ、私も唐突すぎたところがあるから、今回はおあいこということで」

瑞樹が反省の意を表すると、美咲も「ごめんね」と軽い調子で謝った。

これで仕切り直しとして、美咲が再び口を開く。

「瑞樹君の家に行きたいのはね、外ではしたくない話をしたいからなの。私の家でもいいんだけど、お母さんがいるし、瑞樹君も来にくいでしょ。だから、申し訳ないけど場所を提供してもらえないかなって思って。ほら、瑞樹君、前に半分ひとり暮らしみたいな状態って言ってたじゃん」

「確かにまあ、叔父はまた海外へ行っていますし、場所を提供するのは構わないですが……。でも、『外ではしたくない話』って、一体何の話をするつもりですか？」

純粋な疑問の眼差しで、瑞樹は美咲に問いかける。

同盟のことでさえ、街中のカフェで持ちかけてきた美咲だ。その彼女が、外では話したくないこととはどういったことだろうか。

「私たちって、仮同盟を結んだけどお互いのことを何も知らないじゃない？　だから、瑞樹君に私のことを聞いてもらいたいなって思って。私がこの高校へ転入する前、どこで何をしていたとか、そういうこと」

「ふむふむ」

「で、私はそのついでに死ぬまでにやりたいことのひとつをやるって感じ。――でも、自分のことを話すのって恥ずかしいじゃん。だから、誰かに聞かれたくないなって」

「その気持ちは、よくわかります」

誰が聞いているかわからないところで自分語りなんて、想像するだけで恐ろしい。

確かにそれは外ではしたくない話だと、瑞樹も心の底から納得した。

「あれ？　でも、それならここでもいいんじゃないですか？　この書庫、誰も来ないですし、ほぼプライベートスペースって感じですが」

「うーん、それはそうなんだけど……。そこはほら、私が瑞樹君のおうちに興味があるってことで」

何やらワクワクした様子で、美咲が語る。

瑞樹としては、何がそこまで美咲の興味を駆り立てるのか、いまいちピンとこない。

「興味あると言われても、ちょっと古いだけの普通の家ですよ？　まあ、さっきも言った通り、活動場所として使うのは構いませんが」

「ありがとう。じゃあ、活動場所は瑞樹君のおうちということで。あと、もしよかったら瑞樹君のことも教えてくれるとうれしいな。私も瑞樹君のこと、もっと知っておきたいし」

「僕のことですか？　僕の過去なんて、聞いてもあんまりおもしろくないですよ」

「おもしろくなくてもいいよ。瑞樹君のことを知れれば、私としては大満足！」

ここ大事、とばかりに、美咲が瑞樹の鼻先へ人差し指を突き付ける。

「で、どうかな。同盟のお試し活動として、やってくれる？」

美咲が、上目遣いに瑞樹を見上げながら尋ねてくる。

この高校に来る前の美咲のこと。興味がないと言えば嘘になる。そして美咲に対してなら、瑞樹も自分の過去話をするのに抵抗はない。内容的にも、同盟のお試し活動としては、申し分ないと言えるだろう。

「わかりました。その案、乗ります。やりましょう」

「本当！　よかった～。瑞樹君って黒歴史とか多そうだから、断られたらどうしようって心配だったんだ」

「……あなたはいつでも一言余計ですね。別に黒歴史なんてないですよ。代わりに、さっきも言った通りおもしろみもありませんが」

安心した様子で胸をなで下ろす美咲を、瑞樹はやれやれといった表情で見つめる。

もっとも、その瞳に怒りなどはない。美咲の言動がひどいのはいつものことだし、瑞樹も人のことを言えないので、これもおあいこだ。特に怒るほどのことでもない。

それよりも、美咲が安心してくれたことの方が、瑞樹にとっては喜ばしいことだ。

多少すったもんだはあったものの、こうして仮同盟によるお試し活動の内容は決まったのだった。

「お茶を淹《い》れてきますので、適当に座っててください」

「うん。ありがとう」

美咲を居間へ案内した瑞樹は、そのままキッチンへ向かう。美咲が来るということで、一応、ちょっと高めの茶葉を用意しておいたのだ。

瑞樹がお茶の用意をして居間へ戻ると、美咲は壁際のガラスキャビネットの中を興味深げにのぞいていた。

「ねえ、瑞樹君。これ、ハーモニカだよね。瑞樹君の？　吹けるの？」

美咲が期待の眼差しを向けながら、瑞樹に尋ねる。

美咲が指さしているのは、キャビネットに収められたハーモニカのケースだ。どうやら瑞樹がお茶の用意をしている間に見つけたらしい。

「ええ。僕のですし、吹けますよ。これでも十年くらい練習していますから」

瑞樹はキャビネットから取り出したケースを開いて、美咲に見せた。中に入っていたハーモニカは、部屋に差し込む陽光を受けて、光り輝いている。

すると、美咲がさらにはしゃいだ声を上げた。

「すごい！　私、本物のハーモニカって初めて見た。ちょっと吹いてみてよ」

「いいですよ」

美咲のリクエストに応え、瑞樹はケースからハーモニカを取り出し、自然な動作で息を吹き込む。奏《かな》でられたのは、澄み切った音によって紡がれる旋律《せんりつ》だ。

心地良い音の響きは、明らかにちょっとやそっとの練習で出せるものではない。十年という年月は、伊達《だて》ではないということだ。

瑞樹が一曲吹き終わると、今度は入れ替わるように美咲の惜《お》しみない拍手の音が部屋を満たした。

「すごい、すごい！　瑞樹君、本当に上手だね。私、音楽はよくわからないからうまく言えないけど、すごく綺麗な音だった！」

「ありがとうございます。喜んでもらえたなら、僕もうれしいです」

大絶賛の美咲に、瑞樹ははにかみながら礼を言い、ハーモニカを丁寧にキャビネットにしまった。真正面からほめられたせいか、顔がとても熱い。

「でも、なんだか意外だった。瑞樹君って、楽器やるイメージまったくないし。なんでハーモニカを始めたの？」

「亡くなった母が……教えてくれたんですよ」

瑞樹が、過去を懐かしむように言う。

その瞬間、美咲がかすかに表情を曇らせたが、ぼんやりと遠くを見ていた瑞樹は気が付かなかった。

優しかった母が、瑞樹に残してくれたもののひとつ。それがハーモニカだ。

小学生の頃、母からハーモニカを教えてもらうことが、毎日の楽しみだった。瑞樹にとって、母と一緒にハーモニカを吹いている時間は、特別なものだったのだ。

瑞樹は、改めてキャビネットの中のハーモニカを見つめる。

このハーモニカは、母が十歳の誕生日に買ってくれた品物だ。金属のカバー部分に瑞樹の名前が刻印《こくいん》されている特注品である。瑞樹にとっては、今も自分と母をつなぐ大切な宝物だ。

「──さて、ハーモニカの話は一旦おしまいにして、そろそろ本題を始めましょうか。あまり遊んでばかりいると、日が暮れてしまいます」

「そうだね。素敵な演奏を聴けて気分もリフレッシュできたし、やりますか！」

瑞樹が促すと、すっきりした顔で頷く。

瑞樹が用意した座布団《ざぶとん》に座ると、美咲はトートバッグからA4サイズのノートを二冊取り出し、一冊を瑞樹の前に置いた。

いつもと同じく美咲の対面に座った瑞樹は、テーブルに置かれたノートを不思議そうに見下ろす。

「美咲さん、このノートは？」

「昨日、言ったでしょ。昔の話をしながら、死ぬまでにやりたいことのひとつもやるって。私さ、自分史のエンディングノートを作りたいの。今さらだけど、自分が生きてきた日々のことを、きちんと形に残しておきたくて……。今日は、その土台を作れればいいなって感じ」

「なるほど、エンディングノートですか……」

「で、これは土台作りのための下書き用ノートってところ。五冊セットしか売ってなかったから、瑞樹君にも一冊あげる。メモ帳代わりにでもして」

美咲に言われ、瑞樹はノートを手に取って、まじまじと見つめる。

エンディングノートは、遺《のこ》される人に向けて自分の希望などを書き記す、一種の〝人生の記録〟だ。形式は特に決まっておらず、美咲の言う自分史の他にも、治療や葬儀の希望などを書くのが一般的と言われている。

医者から余命宣告されている美咲であれば、作ろうとしても不思議ではないものだろう。今日、自分の昔話をしながら、自分史の要点をまとめるといったところか。

ノートの意味がわかった瑞樹は、美咲に向かって頭を下げた。

「用意してもらって断るのも失礼ですし、使わせてもらいます。ありがとうございます、美咲さん」

「どういたしまして。こっちこそ、買ったノートが無駄にならなくてよかったよ」

残しておいても使う機会なさそうだしね、と美咲はすべてを受け入れた笑顔を見せる。

美咲のその笑顔を前にして、瑞樹は自分の胸にチクリと小さな棘《とげ》でも刺さったような痛みを感じた。

なぜなら瑞樹は、その笑顔を過去にも見たことがあったから。

そして、その人は二年前に自分の前からいなくなった。美咲もいずれ、同じように自分の前からいなくなるのだ。

けれど瑞樹は、自身が感じた痛みを覚《さと》られないよう、さっさと話を進めた。

「で、ここからどうしますか？　お互いの過去を教え合うことと、美咲さんのエンディングノートを作ること。どっちを先にやりますか？」

「私は、先にノートに自分史を書き出して、それから話していく方がいいかな。そうすれば、話す内容もまとめられるし。瑞樹君は、どっちがいい？」

「僕も、先にノートでいいですよ。アドリブは苦手ですから、要点を整理しておきたいです」

「オッケー。それじゃあ、まとめる時間は――うん、三時までにしようか。それじゃあ、スタート！」

一時四十分を差していた壁時計を確認し、美咲が開始の合図として手を叩く。

一時間二十分。高校の授業よりも長い時間だ。話す内容を書いてまとめるには、十分だろう。

美咲はペンケースから自前のシャーペンを取り出したので、瑞樹は自分の分のシャーペンだけを棚から取り出し、ノートに向かった。

まっさらだったノートに黒鉛《こくえん》の線が引かれ、次々と文字が現れていく。

瑞樹はとりあえず、幼少期、小学生、中学生、高校生と項目を立てて、それぞれに記憶に残っていることを箇条《かじょう》書きのような形の文章で記していった。

書き始める前は、五分もあればすべて書き切れてしまうのではないかと自分の人生の薄さを危ぶんだが、心配なかったようだ。いざノートに綴《つづ》り出せば、これまでの人生で積み上げてきた思い出が、悲しかったことから楽しかったことまで次から次へと溢《あふ》れ出してきた。

薄くておもしろみがないと思っていた自分の人生も、少し掘り返しただけで色々な出来事が蘇ってくる。自身の過去を最も侮《あなど》っていたのは、自分自身だった。ノートを文字で埋《う》めながら、瑞樹はそう実感した。

こうなってくると、むしろ時間が足りるか心配だ。

ペンをノート上で書き滑らせながら、何度も時間を確認する。その時にふと対面の美咲に目を向けてみれば、彼女は順調にノートを書き進めていた。

美咲と出会ってから、およそ一か月。改めて思い返してみれば、彼女のプライベートな話を聞いたことはなかった。

一緒に昼食を取っている時や裏方作業の合間に話す時、美咲はいつも瑞樹の話を求め、自身は聞き手に回っていた。女子と話すことに慣れていなかった瑞樹は、そこに疑問に感じている余裕がなかった。だが、今にして思えば、美咲は意図的に話が自分のことに及ぶのを避けていたのだろう。

そんな美咲が、自分のことを話すと言っている。

彼女は、一体どんな人生を歩んできたのか。

趣味が悪いと自覚しつつも、瑞樹は己《おのれ》の好奇心を抑え切れなかった。

「――ん？　どうかした？」

見られていることに気が付いたのだろう。唐突に美咲が目線をノートから瑞樹へと移した。

不意打ちの驚きと盗み見ていた後ろめたさで、瑞樹の心臓が大きく跳ねる。

「あ、いや……別に何でも……」

「もしかして、もうまとめ終わったの？　早いね、瑞樹君。でも、ごめんね。私、まだだから、ちょっと待ってて」

「い、いや、僕もまだなのでゆっくりやってください」

「そう？　じゃあ、お言葉に甘えて」

微笑んだ美咲が、再び真剣な顔でノートに文字を綴り始める。

これ以上美咲の邪魔をしてはいけないと、瑞樹も気を取り直してまとめ作業を再開した。

おやつ時ということで頭と手の休憩も兼ねて、淹れ直したお茶とマドレーヌで一服《いっぷく》した瑞樹と美咲。マドレーヌは、場所を提供してくれたお礼に、と美咲が買ってきてくれたものだ。彼女曰《いわ》く、雑誌でもたびたび紹介される有名店のものらしい。海外で修業した一流のパティシエこだわりの菓子で、そこらのマドレーヌとは一味も二味も違うそうなのだが……。

「ごめんなさい、美咲さん。おいしいマドレーヌだとは思いますけど、味の違いっていうのはよくわからないです」

「安心して、瑞樹君。私も通っぽく語ってみたけど、ぶっちゃけよくわかんない」

高尚《こうしょう》な舌《した》を持っているわけではない瑞樹と美咲には、ただおいしいということしかわからなかった。

なんだか無性におかしくなって、ふたりで「ダメダメだね」「ですね」と笑い合う。こうやっておやつを一緒に食べているだけで楽しいなんて、瑞樹には新鮮な感覚だ。

ともあれ、休憩もそこそこに本題へ戻る。ふたりはそれぞれの自分史を書き綴ったノートをテーブルの中央に置き、額を突き合わせるようにしながらのぞき込んだ。

「……ねえ、瑞樹君」

「……なんですか、美咲さん」

「これさ、お互いに全部話していたら……たぶん夜までかかっちゃうよね」

「奇遇ですね。僕も今、まったく同じことを考えていました」

二冊のノートは、数ページにわたって自分史が書き込まれている。一ページ当たりの密度もなかなかのものだ。自分史作りという意味では成功だろうが、要点をまとめるための書き出しという意味では明らかに失敗だろう。ふたりともノートを作るうちに夢中になって、歯止めが利かなくなってしまったということだ。

お互いが作り上げた力作に、ふたりはマドレーヌの件に続いて、どちらからともなく笑い出した。

「先にノートに書いた意味、なくなっちゃったね」

「僕らの人生は、それほど薄っぺらなものじゃなかったってことですよ。それがわかっただけでも儲《もう》けもんじゃないですか。——まあ、僕としては、こんなに書けることがあったんだという驚きの方が大きいですが」

瑞樹が肩をすくめると、美咲も「私も」と同意する。

「けど、書き出したことで色々整理できたから、私は必要なところだけ話すこともできるよ。瑞樹君はどう？」

「僕も問題ありません。どちらから話しますか？」

「それじゃあ、じゃんけんで負けた方から」

「了解です。では、それで」

結果は瑞樹の負け。順番は瑞樹、美咲の順となった。

「じゃあ、簡単にはなりますけど、僕のことを話していきますね」

「はい。お願いします」

珍しく丁寧な口調で、美咲が軽く頭を下げた。ここからは、おふざけなしということだろう。

美咲が真剣に耳を傾け始めると、瑞樹は少しばかり緊張を感じた。

自分の過去を語るというのは、瑞樹としても初めての経験だ。ノートにもう一度目を落とした瑞樹は、そこに書き出した文章を見つめながら、舌で唇を湿らせる。

そして、瑞樹が語り出すのを待つ美咲と目を合わせ、口を開いた。

「僕が覚えている一番古い記憶は——父の葬儀です。僕が五歳の時に、交通事故で亡くなりました」

瑞樹が語るのは、自身が覚えている幼少期の記憶だ。

幼い頃に父を亡くした瑞樹は、友達付き合いが苦手になった。父親と遊んだことを楽しげに語る他の子供たちを、避けるようになってしまったのだ。今にして思えば、羨望と嫉妬があったのだろう。

「けど、そうやって殻《から》に閉じこもってしまった僕を、母がハーモニカで救ってくれたんです」

ひとりぼっちだった瑞樹に、母はいつもハーモニカを吹いて聴かせてくれた。

ハーモニカ演奏は、元々父の趣味だったらしい。そして母も父の影響でハーモニカを始め、父から吹き方を教わったそうだ。

『この音色《ねいろ》はね、お父さんの音色なの。この音色の中に、お父さんは生きているの』

母は、ハーモニカを吹く時、いつもそう言って笑いかけてきた。

だからか、瑞樹も母のハーモニカを聴いている間は、父がいない寂しさを少しだけ忘れることができた。

「小学校に入学すると、母は僕にハーモニカを教え始めました。『お父さんの音を受け継いで』って言っていましたね。それと、相変わらず人付き合いは苦手なままでしたが、ハーモニカが吹けるようになるに連れて少しは前向きになったのでしょうね。クラスメイトとも、少しずつ打ち解けられるようになっていきました」

瑞樹の世界は、父から母、そして母から自分へと受け継がれたハーモニカによって広がった。

一度世界が広がれば、苦痛だった学校での集団生活も楽しむことができるようになる。放課後には友達と遊ぶことも増えたし、学校行事もマラソン大会を除いて憂鬱《ゆううつ》ではなくなった。高学年になればクラブ活動にも精を出し、短いようで長い小学校生活を謳歌《おうか》した。

「――とまあ、母の支えがあって、僕も人並みの学校生活を送れるようになったわけです。ちなみにクラブ活動では音楽クラブに所属していました。ハーモニカが吹けることで、結構もてはやされましたね」

「なるほど。瑞樹君、小学生の頃はリア充だったんだね……」

「言われてみれば、確かに……。ある意味、僕の人生で一番輝いていた頃かもしれません」

美咲の指摘に、瑞樹も実感を伴って頷く。

小学校にもヒエラルキーは存在していたと思うが、精神年齢が低い男子においてはそれほど気にするものでもなかった。だから瑞樹も、ハーモニカという一芸を武器に多少は輝くことができたのだ。

しかし、瑞樹の人生における最悪の転機が、そんな輝ける日々をぶち壊した。

「ただ、小学校六年の冬に、今度は母が心臓を患《わずら》いまして……。あの時は、本当に世界が足元から崩れ去ったような気分になりました」

できるだけ重くならないように言い回しを注意したが、それでも感情を隠し切ることはできない。母の病《やまい》を告げる瑞樹の表情には、どうしようもない影が差していた。

心の支えであった母の、突然の病。今でもよく覚えている『心臓移植《いしょく》できなければ、五年から先は保証できません』という医者の言葉。

叔父と一緒にそれを聞いた時、瑞樹は本気で運命を呪《のろ》った。なぜ母なのだ、また自分から大切な人を奪っていくつもりか、と――。

その気持ちは、今も確かに瑞樹の中に残っている。母の死を乗り越えることはできても、納得することはできないのだ。

そして、瑞樹の話を聞いた美咲も、表情を曇らせた。恐らく瑞樹の沈んだ感情が伝《でん》播《ぱ》してしまったのだろう。美咲には、本当に申し訳ないと思う。

ただ、過去を話す上で、ここは避けて通れない部分なので、仕方ない。

「母が入院したあとは、母の弟である叔父さんが僕を引き取ってくれて、この家で暮らし始めました。中学時代は、学校と病院を往復するような生活を送っていましたね。中学の後半になると、叔父さんが仕事で海外へ行くことが多くなって、今のような半ひとり暮らし状態になりました」

学校で授業を受け、放課後になると病院へ母のお見舞いに向かう日々。

人付き合いに構っている暇はなくなり、瑞樹はまた学校でひとりになった。今の家で暮らすにあたって、別の学区の中学に入学したことも、ボッチになった要因のひとつだろう。

しかし、ひとりが寂しいと思うことはなかった。学校で友達を作って遊ぶよりも、母と過ごす時間の方が大事だったから。

今にして思うと、母との別れが近いことを、心のどこかで予感していたのかもしれない。

「そして、発病から三年後――僕が中三の冬に母は亡くなりました」

結局、母は医者が言っていた五年間も持たなかった。

あの日の――母が亡くなった日のことが、瑞樹の頭の中で鮮明に蘇る。

ゆっくり忍び寄るものではなく、前触れもなく起こる天災のようなもの。それが瑞樹にとっての〝死〟の概念《がいねん》だ。

いつもと同じ昼休み、いきなり担任教師に呼び出された瑞樹は、職員室で一本の電話を受けた。

電話は病院からで、用件は――入院していた母の容体が急変したというものだった。

受話器を置いたあと、自分がどうやって病院まで行ったのか、瑞樹もよく覚えていない。気が付くと、担任と一緒に母が入院する病院を見上げていた。

そして、病院に入った瞬間、瑞樹はひとりでかけ出していた。

瑞樹が病室に飛び込むと、そこには主治医の先生や看護師が集まっていて、母のベッドを囲んでいた。

瑞樹が到着した時、母はすでに亡くなっていた。部屋の中には、医療機器の無機質な電子音だけが響いていたのを、今でも覚えている。

呆然としたまま母の手を握ると、まだ温かくて柔らかかった。

しかし、その体から徐々に失われていく温かさと柔らかさが、瑞樹に母の死をまざまざと思い知らせてきた。そして、母の体から完全に熱が失われる頃には、瑞樹も母が死んだという現実を受け入れていた――。

当時の無念が胸に押し寄せ、瑞樹は思わず俯いてしまう。

そして、顔を伏せた瑞樹の前では――美咲も悲しげに瞳を潤《うる》ませ、唇を噛んでいた。

「――っと、すみません。また、ひとりで暗くなってしまって」

顔を上げた瑞樹が、困ったように笑いながら美咲の方を見る。

その時には、美咲もいつもの表情に戻っており、「ううん」と首を振った。

「私の方こそ、ごめんね。辛いこと、思い出させちゃって」

「それこそ気にしないでください。語ることを決めたのは、僕自身なんですから」

申し訳なさそうに謝る美咲に向かって、今度は瑞樹の方が首を振る。

「それに、落ち込む出来事ばかりじゃなかったですから。立ち直るきっかけも、きちんとあったんですよ」

「立ち直る……きっかけ？」

首を傾げる美咲に向かって、瑞樹は「はい」と微笑みながら頷く。

「あれは、母の葬式でのことでした」

瑞樹は、今の自分を形作った大切な過去を振り返る。

母の葬儀には多くの弔問客《ちょうもん》がやってきて、その早すぎる死を悼《いた》んでくれた。

瑞樹はたくさんの弔問客と話し、自分が知らない母のことを教えてもらった。その中で何より驚いたのは、母が瑞樹のいないところでは重度の親バカだったことだ。

『君が学校で良い成績を取るたびに、お母さんはうれしそうに自慢していたのよ。お見舞いに行くたびに同じ話を聞かされて、こっちは耳タコだったわ』

『そうそう。それに瑞樹君、ちょっと前に病院で女の子を助けたんでしょ？　お母さん、すごくうれしそうにメールしてきたわよ』

そう言ってくれたのは、瑞樹も何度か会ったことがある母の友人たちだ。そして、彼女らの言葉に、一緒にいた弔問客の多くが懐かしむように微笑みながら、『間違いない』『瑞樹君の成長を見守ることが、生き甲斐だったんだよ』と同意していた。

瑞樹としては、寝耳《ねみみ》に水でうれしいやら恥ずかしいやら。息子自慢に関する逸話《いつわ》を聞かせてくれる母の知り合いたちに、『母がご迷惑をおかけして、本当にすみませんでした』と苦笑しっぱなしだった。それでも、瑞樹は母を失ってから初めて笑みを浮かべることができたのだ。

母を失った心の隙間《すきま》は埋まらない。悲しみは心を満たしたまま。

それでも今、自分の前には自分と同じく母を思って泣いてくれる人がいる。母と過ごした日々を懐かしみ、瑞樹に語り聞かせてくれる人がいる。そんな人々を目《ま》の当たりにして、瑞樹の心は少しだけ癒《い》やされた。

死は、ゆっくり忍び寄るものではなく、前触れもなく起こる天災のようなもの。そして、大切なものを根こそぎ奪っていく。けれど、奪われたあとには何も残らないのではなく、その人が蒔《ま》いてきた〝思い〟という名の種が、残された者の中に芽吹《めぶ》いている。もちろん、瑞樹の中にも……。

母の葬儀は、瑞樹にそんなことを教えてくれる時間でもあった。

だからこそ、瑞樹は誓ったのだ。自分の中に芽吹いた母の思いを大事にしよう。母に誇れる生き方をしていこう、と──。

「──とまあ、そんな決意のもと、僕は自分にできることを探しながら進学し、偶然入った図書委員会で裏方作業をやることになりました。これなら先生や他の図書委員の役に立てるし、母も喜んでくれるんじゃないか、と思いまして」

「なるほど。──やっぱりすごいよ、瑞樹君は。月並みだけど、お母さんもきっと天国で喜んでると思う」

「ありがとうございます。まあでも、今までずっとボッチだった点についてだけは、天国の両親に心配かけてしまったかと反省していますけどね」

「それは確かに！　瑞樹君は、もっと他の人に興味を持つべきだと思う」

「あ〜……、これからは、前向きに取り組むようにします」

ほめられたあとに手痛い指摘を受けて、瑞樹は困った様子で笑いながら頬を掻《か》く。

「まあ、ボッチの件はさておき、そんな感じで裏方作業に勤《いそ》しんでいたところ、美咲さんに見つかって捕まり、今に至った次第です」

「捕まったって、人を狩人《かりうど》みたいに言って……」

瑞樹のあんまりな言い方に、美咲がむっとした表情を見せる。

けれど、瑞樹は「すみません」と謝りつつも、こう言葉を継いだ。

「でも、美咲さんに見つけてもらえたことは、幸運だったと思っていますよ。でなければ僕、卒業まで友達ができなかったでしょうから。美咲さんが僕に話しかけてくれたこと、本当に感謝しています。どうもありがとうございます」

瑞樹が微笑みながらお礼を言うと、美咲は照れたのか頬を赤くして視線を逸らした。こうやって真正面から感謝されることに慣れていないのかもしれない。その仕草が妙に可愛らしくて、瑞樹も思わずドギマギしてしまった。ついでに、似合《にあ》わないことを言ってしまったと少し恥ずかしさを覚える。

「と、ともかく、僕の過去については以上です。ご清聴《せいちょう》いただき、ありがとうございました」

その感情を隠すように一度咳払いをし、瑞樹は自分の番を終えた。最後は少し妙な感じになってしまったが、自分の仕事をやり切ったことにホッと息をつく。

「次、美咲さんの番ですよ。いけますか？」

「あー、うん。大丈夫。いける、いける」

熱を冷ますように両手で顔を扇《あお》ぎながら、美咲が頷いた。心を落ち着けるためか大きく息を吐くと、スッと表情を引き締めて姿勢を正す。

「それじゃあ、始めよっか。私が、これまでどんな風に生きてきたかのお話」

静まり返った部屋の中に、美咲の澄んだ声が響く。

「あらかじめ言っておくとね、私は小学校の高学年から今の高校に転校するまで、病気で学校に行ってなかった。というか、行けなかったんだよね」

「行けなかった、ですか。それはやはり……」

美咲の言わんとしていることを察しつつ、瑞樹が先を促す。

対する美咲は、瑞樹に頷き返しながら、こう続けた。

「うん。私、今年の春先に余命宣告されるまで、ずっと入院してたの」

病気、それに入院。普段から自由気ままな美咲に似合わない単語が、部屋の空気に溶けて消える。

「どんな病気か、聞いてもいいですか？」

「もちろん。ええとね――」

瑞樹が尋ねると、美咲は具体的な病名も教えてくれた。だが、その病気は瑞樹がこれまでの人生で聞いたことのないものだった。

「症例自体が少ないから、知らなくて当然だよ。まあ、ざっくり言っちゃうと心臓の病気」

「心臓の……病」

「そう。それも、結構重たい感じの。発症したのは小学五年生の夏で、すぐに入院することになっちゃった」

心臓病という言葉に反応した瑞樹に、美咲は苦笑する。そして、そのままさらに子供の頃の話を続けた。

小学五年生で入院した美咲は、それから約六年間、ずっと病院の中で過ごしてきたらしい。学校にも行けなかったため、義務教育も院内学級で終え、高校は通信制高校に入学したそうだ。

「最初はさ、小学校の同じクラスだった子たちが、お見舞いに来てくれてたんだけどね。入院が年単位になってくると、さすがにそういうのもなくなっちゃって……。中学に上がる頃には、私も立派なボッチになってたよ」

瑞樹君と同じだね、と美咲は苦笑する。

だが、瑞樹はそれに対して、なんと答えていいかわからない。

瑞樹がひとりになったのは、友達を作るよりも母を優先したから。つまり、瑞樹自身が選んだことであり、自業自得《じごうじとく》だ。

しかし、美咲は違う。病気により、自分の意思とは無関係に、ひとりになってしまった。友人たちとの距離ができていく中、美咲が病室でひとりどんな気持ちだったのか、瑞樹には想像もつかない。

ただ、同時に瑞樹は、お見舞いに来なくなった美咲の同級生を責める気にもなれなかった。母を見舞うために病院へ通い続けた瑞樹は、小中学生にとってそれがどれほど負担の大きいことか知っているから。

誰も悪くない。でも、だからこそ美咲の心情を考えると、余計に心が苦しくなった。

「……すみません。何か気の利いたことを言えたらいいのですが、正直、なんと言えばいいのかわからないです」

結局、美咲にかけるべき言葉が見つけられず、瑞樹は自身の無力さを噛み締めながら俯いた。

けれど、何もできない瑞樹に対して、美咲はふわりと微笑んだ。

「謝る必要ないよ。ここでへたな慰《なぐさ》めを言わなかったことの方が、私としてはポイント高いんだから。さすが瑞樹君」

「……美咲さんは、本当に強いですね。辛いことや苦しいことがたくさんあったはずなのに、それでも明るさと優しさを失わなかった。本当に、尊敬します」

恐らく自分だったら、美咲のようにはなれなかっただろうと、瑞樹は思う。病気の身であることを嘆き、自分のことに精一杯で、他人への気遣いなんて忘れてしまうに違いない。

けれど、美咲はそうならなかった。これは間違いなく、美咲自身が持つ強さだろう。

言葉の通り、瑞樹は心の底からすごいと思った。

ただ、深く感心する瑞樹に向かって、美咲は微笑んだまま首を振った。

「ありがとう。でもね、私が明るさを失わずに済んだのは、私が強かったからじゃないよ。ある人が私の心を支えてくれたから、私は今の私になれたの」

「そうなんですか？　その人って、どんな人なんです？」

美咲にここまで言わせるとは、どんな人物だったのだろう。

気になった瑞樹は、何の気なしに尋ねる。

すると、美咲はふいにカバンの中から手帳を取り出して開き、挟んでいた写真を瑞樹に向かって差し出してきた。

「私を救ってくれた恩人はね――瑞樹君のお母さんだよ」

「……え？」

美咲の予期せぬ返答に、瑞樹は驚き眼で彼女が差し出した写真を見る。確かにその写真には、今よりも少し幼い美咲と母が並んで写っていた。

予想外のつながりにびっくりする瑞樹の前で、美咲はさらに話を進める。

「私が入院してからね、お母さんもお父さんも、お医者さんも看護師さんも、みんな私に優しくしてくれたの。私が折れずに病気と闘《たたか》えるように、いつも気遣ってくれた。それ自体はすごくうれしかったんだけど……そんな状況が少し寂しかった。まるで自分の周りにどんどん壁が作られていくみたいで……」

病気を抱えた自分と、支えてくれる周りの人々。明確に引かれた線のこちらと向こう。美咲にとっては、それが乗り越えることのできない壁に思えたということだろう。

周囲の人々の善意が、より一層美咲を孤独にしてしまったのだ。

「おかげで私、友達がいなくなったこともあって、人間関係に憶病《おくびょう》になっちゃってさ。壁を厚くしないようにって、人当たりのいい笑顔ばっかりするようになった。親やお医者さんたちを困らせないように、聞き分けのいい子を演じることだけをがんばるようになった」

本当に誰もいなくなるのが怖かったんだ、と美咲は語る。

常に気を遣われるということは、逆に美咲の方も相手に気を遣い続けるということだ。迷惑をかけないように。重荷にならないように。そういう思考が染《し》みつき、常に他人の顔色を窺うようになったのだろう。

美咲がもう少し自己中心的な人間だったら、自分を取り巻く人間関係に悩まず済んだかもしれない。けれど、美咲はそうできなかったのだ。

「そんな時に出会ったのが、瑞樹君のお母さん──陽子《ようこ》さんだった」

そう言って、美咲が口元をほころばせる。

美咲が母と出会ったのは、十三歳になった頃らしい。病院の中庭にあるベンチに座っていたら、突然、母が声をかけてきたそうだ。

『いい天気ね。こんなに天気がいいと、公園とかでジョギングとかしたら気持ちいいでしょうね。まあ、そんなことしたら私の心臓、止まっちゃうけど』

と、開口一番にいきなり笑えないジョークをかましてきたらしい。

確かに母は少し天然の気がある人だったが、瑞樹の知らないところでも、それを炸《さく》裂《れつ》させていたようだ。身内の恥に頭痛を感じながら、瑞樹は美咲へ頭を下げた。

「……うちの母がいきなり失礼を働いて、本当に申し訳ありませんでした」

「謝らないでよ。まあ、いきなり話しかけられた時は、本当にびっくりしたけど。でも、話してみたら、妙に気が合っちゃってね。気が付いたら二時間以上話し込んでて、探しに来た看護師さんに怒られちゃった」

あの時は久しぶりに心から笑顔になれたな、と美咲は懐かしむように言う。

その日の会話がきっかけで、ふたりの交流が始まったそうだ。

「私と同じで心臓の病を抱えていたからか、陽子さんだけは私を気遣わないで、自然体で接してくれた。それが本当にうれしかったの。だから私も、陽子さんの前では素の自分でいられた。そのおかげで、私は私を見失わずに済んだんだと思う」

当時を振り返る美咲の声は、楽しげに弾《はず》んでいた。

そんな美咲を見ながら、瑞樹は思う。母との出会いが、孤独を嘆いていた美咲の心を癒やしていた。母は、ひとりの少女を救っていたのだ。

いや、恐らく母自身も、美咲の存在に救われる部分があったのだと思う。

母が果たしていた偉業《いぎょう》が誇らしい。病身の母に、悩みを分かち合える人がいたとわかって慰められた。そして何より、美咲の心が救われていたことが瑞樹にはうれしかった。

しかし、美咲の表情がフッと陰る。

「だから、陽子さんが亡くなった時は、私も本当に悲しかった……。瑞樹君の前で『悲しい』なんて言うのはおこがましいかもしれないけど、陽子さんは私にとっての恩人だったから」

そう言った瞬間、美咲の目から涙が零《こぼ》れ落ちた。

同時に、瑞樹はようやくわかった。

美咲がどうして母の仏壇に手を合わせたいと申し出たのか。瑞樹が母の病気のことを語った時、なぜ美咲が表情を曇らせたのか。

それは、彼女自身が母に対して特別な感情を持っていたからだったのだ。

「美咲さん、僕にそこまで気を遣わなくてもいいんです。おこがましいなんてこと、あるわけないんですから」

瑞樹は、頬に涙の痕《あと》を残す美咲にティッシュ箱を差し出しながら微笑む。

美咲は今も母のことを慕《した》い、その死を悼んでくれている。その気持ちが瑞樹に劣っているなんて、どうして言えようか。

「もしかして、美咲さんがあえてうちを活動場所に選んだのは、母の仏壇があるかもしれないと思ったからですか?」

「うん。実はそれも込みで考えてた。運が良ければって」

ティッシュで涙の痕を拭きつつ、美咲が頷く。

もうそれだけで、瑞樹の心はぽかぽかと温かくなった。

「ありがとうございます。美咲さんが会いに来てくれて、きっと母もうれしかったと思います」

瑞樹が心のままにお礼の言葉を告げると、美咲は微笑みながら「うん！」と頷いた。

「それにしても、あの病院にずっと美咲さんがいたなんて、全然知りませんでした。本当にびっくりですよ」

「……………。……あー、うん。そっか。へえ……。――やっぱり、そうなんだね」

しかし、瑞樹がそう言葉を続けた瞬間、美咲の表情がなんとも形容しがたいものになった。あえて言うなら、〝微妙〟といった感じだろうか。

どうやら瑞樹は、何か空気の読めないことを言ってしまったらしい。残念ながら、何がまずかったのか、まったくわからないが……。

「あー……、ええと、美咲さんはもしかして入院中から僕のこと、知っていたりしたんですか？」

「うん、まあね～。瑞樹君が陽子さんのお見舞いに来ているところ、何度も見てたしね～」

どうにか空気を変えようと瑞樹が問いかけると、美咲はにっこりスマイルで答えた。

顔は笑っているのに、今の美咲には妙な威圧感がある。やっぱり、何か美咲を怒らせるようなことを言ってしまったらしい。瑞樹は背筋が冷えるのを感じ、額から嫌な汗がだらだらと流れ出した。

すると、美咲がプッと噴き出した。

「ごめん、ごめん。ちょっと意地悪しちゃった。冗談だから、そんな怯えないでよ」

美咲がおかしそうに笑う。どうやらからかわれたようだ。

「ここまで来れば、あとは簡単。今年の二月の終わりに余命宣告を受けたあと、担当医に無理を言って病院を退院。高校の転入試験を受けて無事に入学し、今に至ったというわけ。普通の高校に通うことも、死ぬまでにやりたいことのひとつだったから」

「ただ、高校に通うことが……」

自分が当たり前に行ってきたことが、別の誰かにとっては当たり前のことではない。美咲の言葉に、瑞樹はそんな現実を改めて思い知った。

「ちなみに、今の高校に入ったのも、瑞樹君がいると思ったからなんだよね。陽子さんから受験するっていうのは聞いてたから、もしかしたら会えるかもって」

「つまりうちの高校に来る前から、同盟を結ぶ相手として僕に目をつけていたってことですか？」

「それとこれとは別。けど、瑞樹君を同盟相手として選んだ理由も、瑞樹君がいる高校を選んだ理由も、まだ教えない」

瑞樹が問うと、美咲はいたずらっぽく笑いながら、答えをはぐらかす。何となくこれ以上聞いてはいけないような雰囲気だったので、瑞樹も「そうですか」とだけ返しておいた。

「まあ、転入理由とかは横に置いといて、私の昔話はこんなところ。というわけで、何か聞きたいことある？」

「ええと……、それじゃあお言葉に甘えて質問したいんですが、いいですか？」

「いいよ。どんどん聞いて」

「美咲さんが死ぬまでにやりたいことって、他にはどんなことがあるんですか」

「ひとつ目は両親にきちんとお礼を言うこと。『ずっと大事にしてくれてありがとう』ってね。それとふたつ目は旅行だね。といっても、このふたつはもう叶《かな》えたけど。退院直後に家族旅行へ連れて行ってもらったんだ。温泉なんて病気になってから初めてで、すごくくつろげた。私、修学旅行とかも行けなかったから……。おかげで両親に、自然と『ありがとう』って言えたよ」

「旅行に行って、お礼ですか。……うん、なんか美咲さんらしくていいですね」

「ありがとう。けど、本当に楽しかったな。瑞樹君、知ってる？　温泉ってね、普通のお風呂と全然違うの。こう、体の奥からぽかぽかしてくるっていうかね。あと、旅館の料理がおいしいのなんのって。やっぱ病院食とは比べものになんないよね！」

旅行の楽しさが蘇ってきたらしく、美咲が口元をほころばせる。

さらに、言葉で語るだけでは足りなかったのか、美咲は荷物からスマホを取り出して、瑞樹に旅行の写真を見せてきた。

「瑞樹君、見て。ここ！　ここね、夜景がめっちゃ綺麗なの。夜景が宝石箱に見えるって、本当だね。瑞樹君も、絶対に一度見に行くべき！　次は――この餡団子《あんだんご》も絶品でね、甘さ控えめだから五本くらいペロリだった。――で、こっちの写真はね、水族館！　二日目に行ったんだ。ペンギンってさ、なんであんなに可愛いんだろうね。歩いてるとこ見てるだけで、超癒やされるの」

美咲は写真を次々にスライドさせ、一枚一枚に込められた思い出を嬉々《きき》として語っていく。テンションが上がりすぎているらしく、言葉にするのももどかしくて語り尽くせないといった様子だ。

そして、美咲の話を聞きながら、瑞樹はひとつの決意をした。

今までの話を聞いて、美咲の弾んだ笑顔を見て、思ったのだ。

美咲が瑞樹に何か隠しているのはわかる。けれど、それを差し引いても、彼女には最期《さいご》までこうやって笑っていてほしい、と――。

だから、自分にできることがあるのなら手を貸してあげたいのだ。母と同じ境遇にいて、母の救いになってくれたこの少女の支えになれるなら、これほどうれしいことはない。

だから、瑞樹は言う。

「美咲さん、僕、決めました」

「ん？　何が？」

「美咲さんが持ちかけてきた同盟、正式にお受けします」

「ん？　そっか、ありがとう――って、本当!?」

スマホからガバッと顔を上げた美咲が、食い入るように見つめてくる。

その視線を受け止めながら、瑞樹ははっきりと頷いた。

「ええ、本当です。美咲さんが死ぬまでにやりたいこと、とことん付き合いますよ」

「とことん、か……。そんなこと言っていいの？　私、やりたいことたくさんあるから、色々連れ回しちゃうよ？　なんたって、私がやりたいことのひとつは、【たくさん遊ぶ】だから」

「望むところです。最後まできちんとお供します」

挑戦的に言う美咲に、瑞樹もどんとこいという態度で返す。

美咲も、瑞樹がここまで頼もしく返事をするとは思っていなかったのだろう。不敵さを引っ込めて、驚きに目を丸くした。ただ、すぐに自然な微笑みとなり、うれしそうに口を開いた。

「じゃあ、ちょっと付き合ってもらっちゃおうかな」

「はい。なんなりと言ってください。――あ、でも、人が多いところはちょっと苦手なので、少し気にしてもらえるとうれしいです」

「うん、了解。任せといて！」

「ありがとうございます。ちなみに、美咲さんはどこへ行きたいんですか？」

「うーんとね、猫カフェにスポーツ観戦、科学館のプラネタリウム、それから……」

「無茶苦茶人《むちゃくちゃ》が多そうなところばかりですね！　本当にお手柔《てやわ》らかにお願いしますよ？」

　指折り数える美咲に向かって、瑞樹が悲鳴を上げる。同盟成立からたった一分で、先行き不安になってきた。

「あ、それとね、実は私が死ぬまでにやりたいことの中に、【自分では思いつかないようなことに挑戦したい】っていうのがあるの。これは瑞樹君に託《たく》します。瑞樹君が〝やってみたいこと〟を考えて、私を連れて行ってね。私が思いつかないような意外性たっぷりのやつでよろしく！」

「いや、『よろしく』と言われましても……。僕、基本的に引きこもり気質なので、外でやってみたいこととかないのですが……」

　美咲のお願いに対し、瑞樹が二秒で音を上げる。本気で、これと言ってやりたいことがない瑞樹であった。

　一方、美咲は「本当にこのボッチは……」と盛大なため息をついた。

「それじゃあね、これは瑞樹君が将来誰かとデートする時のための予行演習だって考えて。瑞樹君は自分の力でプランを練《ね》り上げて、相手役である私をエスコートする。そういう訓練だって」

「いやいや、ちょっと待ってください。それこそハードル高すぎですって。そもそも僕、将来的に誰かとデートすることなんてないでしょうし」

「そんなのわからないじゃん。瑞樹君だって誰かを好きになるかもしれないし、瑞樹君を好きになる人だって現れるかもしれないよ！」

瑞樹が何を言っても、美咲は「やって！」の一点張りだ。

こういう時の美咲は、絶対に引くことがない。つまり、瑞樹に勝ち目はないということだ。よって、仕方なく降参するように両手を上げた。

「わかりました。考えておきますから、少し時間をください」

「うん。よろしい！　期待してるからね、瑞樹君！」

瑞樹が約束すると、美咲は満足げに頷くのだった。

2

＊＊＊

瑞樹は夢を見ていた。

そこは、どこかの病室だ。季節は――夏だろう。

瑞樹はいつぞやと同じく誰かの目を通して、この病室から窓の外を眺めていた。

外は快晴。真夏の空はどこまでも青く、その中を白い雲がゆっくりと進んでいく。

しかし、そんな空とは対照的に、瑞樹の中には重苦しい感情が雨のように降り注いでくる。

延命《えんめい》治療を行っても、自分の死は決まっている。こうやってベッドの上でただ死を待つだけの日々に何の意味があるのか。自分にはやりたいことがあったはずなのに、なぜこんな無為《むい》な時間を生きているのか。

圧倒的な虚無《きょむ》感に侵されながらも、降り積もり続ける焦りを胸に、この誰かは自問自答し続けていた。

そして、そんな焦燥《しょうそう》を肌で感じながら、瑞樹は思うのだ。

これが誰の意識かはわからない。それでも、なぜか放っておけない。この誰かに、手を差し伸べたい、と――。

しかし、差し伸べるための手を動かすこともできないまま、見えていた景色と頭に聞こえていた声は遠ざかっていった。

＊
＊
＊

「たーまやー」

河川敷《かせんじき》に座り、夜空に咲く大きな花火に向かって、浴衣《ゆかた》姿の美咲が楽しげにかけ声を上げる。

夏休み最後の土曜日、瑞樹と美咲は地元の花火大会に来ていた。これも、美咲がやりたいこととして挙げた同盟活動だ。

数年ぶりの花火大会ということで、美咲はアジサイ柄の浴衣に下駄《げた》という、花火を楽しむための完全装備だ。初めて見る和装は、ほっそりした彼女によく似合っていた。

なお、浴衣なんてしゃれたものを持っていない瑞樹は、代わり映えしないTシャツにジーパンである。

「ほら、瑞樹君も！　たーまやー」

「ええと、かーぎやー」

美咲に肩を叩かれながら促され、瑞樹も恥ずかしげに、しかし楽しげに声を出す。

ただ、瑞樹の声は他の観客の歓声にあっさり呑み込まれてしまった。

そして最後の十連発花火が終わると、一際大きな歓声と拍手が河川敷を包み込む。

それらを聞きながら、瑞樹は非日常の中にいるような高揚を感じた。

「さてと……。それじゃあ僕らも帰りますか。遅くなると、美咲さんのご両親も心配されるでしょうし」

「うん！」

帰る人々の波に乗り、瑞樹たちも家路に就く。

花火を満喫《まんきつ》したからか、美咲は満面の笑みだ。

そんな美咲の笑顔を見ながら、瑞樹はここ一か月ばかりのことを思い返した。

お互いの過去を語り合ってからというもの、瑞樹は美咲に連れられて、色々なところへ出かけるようになった。

正直なところ、本当に余命宣告を受けているのかと疑いたくなるほど、美咲は活動的だ。もっとも、裏を返せばそれだけ生き急いでいると言えるのかもしれないが。

図書室の開室日に学校に集まって裏方作業をやり、ついでに予定を立てて出かける。基本はこのスタイルだ。

美咲自身が言っていた通り、彼女がやりたいことは多種多様。すべて瑞樹ひとりであったらやってみようと思わなかったものだし、できなかったであろう経験だった。

猫カフェなんて、自分には似合わない。スポーツなら家で観ればいい。プラネタリウムに行かなくても、夜空を見上げるだけで十分じゃないか。その他もろもろ――。

ひとりの時には、こんな風に考えていたのだから。

けれど、やってみればどれも意外と楽しいものだ。動物に触れていると癒やされるし、スポーツをライブで観るのは手に汗握るほど興奮する。プラネタリウムは、素直に感動した。

同盟の話を持ちかけてきた時、美咲は『私にだけメリットのある不公平な同盟にはしない』と言っていたが、本当にその通りになった。美咲はもっと別の形でメリットを与えるつもりでいたのかもしれないが、もう十分と言えるほどだ。

そして、様々なことを経験するうちに、瑞樹にとって美咲と過ごす時間は、もはやかけがえのないものになっていた。自分がこれまで知らなかった世界に出会える、そんな時間に——。

と、瑞樹が夏休みを振り返りながら歩いていると、不意に美咲が立ち止まった。

「美咲さん、どうかしましたか？」

「ええと……アハハ。ごめん、下駄って履き慣れないから、痛くなっちゃって」

困ったように笑いながら、美咲が答える。見れば、確かに右足の鼻緒《はなお》のところが擦れて、血がにじんでいる。

「あ、でも大丈夫。何なら、下駄を脱いで歩けばいいから！」

「そんなことしたら、別の怪我《けが》をしますよ。やめてください」

下駄を手に持って歩こうとする美咲を、瑞樹がすぐに引き留める。

瑞樹はそのまま美咲の前にしゃがみ込み、彼女に背を向けた。

「乗ってください。人ごみから出るまで、おぶっていきますから。車が来られるところまで行って、ご両親に迎えに来てもらいましょう」

「いや、そんなの悪いし……」

「裸足《はだし》で歩いて怪我をされる方が、よっぽど困ります」

遠慮する美咲を、瑞樹が正論で封《ふう》じる。

さすがに今回は瑞樹が正しいと思ったのか、美咲はためらいながらも瑞樹の背におぶさった。

美咲がしっかりつかまったのを確認し、瑞樹は「よっこいせ」と立ち上がる。

ただ、美咲がほっそりしていると言っても、さすがに人ひとり分の重さだ。思わずよろめいてしまった。

「大丈夫？……あと、重いって言ったら、怒るからね」

「がんばります」

心配と牽制《けんせい》を同時にこなす美咲に、瑞樹は苦笑いしながら答える。

美咲を背負って歩きながら、瑞樹は思う。

今年の夏休みは飛ぶように過ぎ去っていった。これほど充実した夏休みは、生まれて初めてだ、と――。

「夏休み、もう終わりだね」

「ええ。今年の夏休みは、楽しすぎてあっという間でした。終わってしまうのが少し残念です」

「残念がらなくていいよ。楽しいのは、きっと二学期に入ってからも同じだから」

「なるほど。じゃあ、心配いらないですね」

背負った美咲と話しながら、瑞樹は穏やかに笑う。

楽しい日々は続く。本当にそうなってほしいと思いながら、瑞樹は歩みを進めた。

そして、二学期が始まってしばらく経った、とある日の放課後。

「よし、終わり」

最後の文章を打ち終わり、瑞樹は椅子の背もたれに寄りかかりながら伸びをした。

今日の仕事はいつもの裏方作業ではなく、委員会が発行する図書室だよりの記事作成だ。図書委員は年に一回、図書室だよりでオススメ図書の記事を書くことになっている。今回は、瑞樹がその当番だった。

いつもやっている裏方作業と記事作成とでは、仕事の勝手がまったく違う。ずっと同じ姿勢でパソコンに向かっていたから、体の節々《ふしぶし》からコキコキと音がした。しかし、軽くストレッチをすると余計な力が抜け、心地良い疲れが体を満たした。

時間はちょうど十七時。切りもいいし、今日はここら辺でおしまいだ。

「美咲さんも……もうすぐ戻ってくるかな」

瑞樹は空席になった向かいの椅子を見つめる。先程までそこに座っていた美咲は、バーコードシールと背ラベルを貼った本を図書室へ届けに行っていた。

パソコンの電源を落とし、瑞樹はソワソワしながら美咲が戻ってくるのを待つ。

実は今日、美咲に報告したいことがあるのだ。

すると、ほどなくして美咲が書架の間から顔を出した。

「本の配達、終わったよ～。そっちは終わった？」

「ありがとうございます。こっちも、ちょうど終わりました」

「そっか。じゃあ、今日の仕事はここまでだね」

そう言いつつ、美咲は帰り支度を始める。

話を切り出すなら、今がベストだろう。

そう思って、瑞樹が口を開こうとした時だ。

「ところで瑞樹君さ、そろそろやりたいこと見つかった？」

ふと顔を上げた美咲が、瑞樹にそう問いかけてきた。

一方、問いかけられた瑞樹の方は、びっくりだ。なぜなら、ちょうどそのことについて報告しようと思っていたから。

「美咲さん、タイミングいいですね。ちょうど今から話そうと思っていたところです」

「あら？　ということは……」

「はい。ネットでおもしろそうなことがないか探して、ついに見つけました」

瞳を輝かせる美咲に対して、瑞樹も自信を持って頷く。

すると美咲は、「おお！　やった！」とまるで自分のことのように喜んでくれた。

こういうリアクションをされると、瑞樹としては少しこそばゆい。そのくすぐったい気持ちを隠すように、瑞樹は生徒手帳を開きながら話を続ける。

「調べてみたら、明後日《あさって》の日曜日にできそうなんですけど、予定とかどうですか？」

「うん、大丈夫。明後日は病院の日じゃないし、他の予定もないよ」

「わかりました。それじゃあ電話予約できるそうなんで、二名分申し込んでおきます」

美咲の返事を受けて、瑞樹は手帳のメモに○を付け、【電話予約する】と書き込む。

「予約？　瑞樹君がやりたいことって、何か予約が必要なものなの？」

「ええ、まあ。クラフト系のワークショップへの参加なので」

「クラフト系ってことは、何か作るってこと？　どんなワークショップ？　何作るの？」

「それは、秘密です。当日のお楽しみということで」

瑞樹が何を見つけたのか、純粋に気になるのだろう。美咲が矢継《やつ》ぎ早《ばや》に質問を飛ばしてくるが、瑞樹ははぐらかすのみ。せっかく見つけた〝やりたいこと〟なので、当日まで隠しておきたいのだ。

瑞樹が不意に見せた子供っぽさに、美咲は弟を見るような目で「それじゃあ楽しみにしてる」と引き下がった。

「あと、このワークショップって文庫本一冊と布が持ち物になっているんですけど、美咲さん、すぐに用意できますか？」

「文庫は家にたくさんあるから用意できるけど、布はないかな」

「じゃあ、僕と同じですね。ワークショップが始まる前に買いに行きましょう。場所は駅ビルの催《もよお》し会場なので、下のフロアで買えますし」

「了解。文庫の方は、内容は何でもいい？」

「何でもいいですよ。ただ、自分で手を加えてもいいものでお願いします」

「手を加えていいものね……。うん、考えとく」

一体何をするのやら、と美咲が肩をすくめる。もっとも、その瞳の奥には期待が見え隠れしている。

ただ、あまりに期待されすぎると、瑞樹としてはプレッシャーなわけで……。

「あ、でも、美咲さんはあまり興味がないかもしれませんから、楽しみにされすぎると、ちょっと困るといいますか……」

「そんな予防線を張らなくてもいいよ。瑞樹君だって前に猫カフェへ行った時とか、『初めて来ましたけど、意外と楽しいですね』って言ってたじゃん。私だって、きっと同じことを思うよ」

「そう……だといいんですけどね……」

「しっかりして！　瑞樹君のエスコート、期待してるからね！」

自信なさげな瑞樹に、美咲は満面の笑みで発破《はっぱ》をかけるのだった。


書庫での約束から一日挟んで日曜日。駅から直結の商業ビルの最上階に位置する催し会場の一角にて——。

「瑞樹君……」

「どうかしましたか、美咲さん」

「紙を切るって、こんなにも大変なことだったんだね……。大発見……」

「変なこと言いながらカッター使うと、指切りますよ。大事なところですから集中しましょう」

美咲の無駄口に付き合いながら、瑞樹はせっせと厚さ二ミリのボール紙にカッターの刃《は》を走らせ続けていた。

厚さ二ミリともなれば、刃を一回走らせただけでは到底切り裂けない。繰り返し同じところをカッターでなぞり続けるふたりの額には、うっすらと汗が浮かんでいる。

ふたりが参加しているワークショップの名前は、『文庫本をハードカバーに改装《かいそう》しよう』というもの。いわゆる〝手製本《てせいぼん》〟というやつだ。そしてふたりが今行っているのは、表紙の芯材《しんざい》となるボール紙の切り出しだった。

この手製本こそ、瑞樹が見つけてきた〝やりたいこと〟だ。美咲と一緒に楽しめそうな催しがないかネットで調べていた時、瑞樹は偶然このワークショップに行き当たったのである。

世界にひとつしかない自分だけの本を作る。長く本の修理を行ってきた瑞樹は、紹介ページに書かれたその言葉に激しく興味をそそられた。

そして実際に体験してみると、手製本を学ぶのはとても刺激的だった。瑞樹が知らなかった知識が詰まっているし、ものを作るという行為自体に胸が躍る。挑戦してみてよかったと、心から思えた。

ただ――それは、あくまで瑞樹だけの感想だ。

「……美咲さん、やっぱりこういうのは楽しくないですか？」

ボール紙を切り終えた瑞樹は、まだカッターを手に格闘している美咲を窺い、遠慮がちに尋ねた。

先程から、美咲は難しそうな顔をしたり、「む～」と唸《うな》ったりしている。

そんな彼女の様子に、瑞樹は自分の趣味に走りすぎてしまったのではないかと心配になったのだ。

一方、尋ねられた美咲はカッターを動かす手を止め、きょとんとした様子で顔を上げた。

「え？　なんで？」

「僕の勘違いだったらすみません。でも美咲さん、さっきから何度も唸っていたので……。もしかして、あまり楽しくないのかなと……」

「ああ、ごめん！　集中しすぎてて、自分でも気付かなかった。でも、それくらいガチで取り組んでるってことだから！　楽しいよ、このワークショップ！」

「唸っていたのは……集中していたから？　じゃあ、僕の思い過ごしだったってことですか？　よかった……」

瑞樹はホッと胸をなで下ろす。

すると美咲は安心する瑞樹に向かって苦笑した。

「瑞樹君はね、私に気を遣いすぎ。私が楽しんでいるか気にしてる暇があったら、きちんと自分が楽しみなよ。じゃないと、私も素直に楽しめないじゃん」

「……そういうもんですか？」

「そういうもんです！」

言いたいことを言い切ったのか、美咲は真剣な顔でボール紙のカットを再開した。

瑞樹が楽しんでいないと、美咲も楽しめない。なるほど、道理だ。美咲に付き合って出掛けるのが楽しかったのは、初めての経験で物珍しかったからというのもあるが、一番は美咲につられたからだろう。全力で楽しんでいる彼女が隣にいてくれたから、瑞樹も一緒になって楽しむことができたのだ。

本当に、美咲からは学ぶことばかりだ。今日は瑞樹がエスコート役のはずなのに、逆にエスコートされている気分になってくる。

ただ、そうとわかれば、今は目の前の作業に集中するのみ。なぜなら、瑞樹が最高に楽しむためには、本の完成に全力を注ぐことが必要不可欠だから。

講師の説明を聞きながら、瑞樹は製本作業を続行する。

手元の本と講師の言葉だけに集中する彼の口元には、充足感からかわずかに笑みが浮かんでいた。

手元に集中していた瑞樹は気が付かなかったが、そんな彼の姿を横で見ていた美咲がふわりと微笑む。瑞樹を見る美咲の優しい瞳は、「そうそう、それでいいんだよ」と語っているかのようだった。

切り出したボール紙を、和紙を貼って補強した布で包み、ハードカバー特有の硬くて厚い表紙を作っていく。

文庫本の方は、すでにカバーを取って元々の表紙をはがし、ハードカバーへ改装するのに必要なパーツを取り付けてある。

ハードカバーの表紙ができ上がったら、最後に各種パーツを取り付けた文庫本と合体させて完成だ。

休憩なく進んだワークショップは、時間通りに最終工程が完了した。

改装が終わり、目の前の机には自分の手で生まれ変わった一冊の本。ロケットと星の柄の布で覆われた、硬いボール紙の表紙を指でなぞり、瑞樹は思わずにんまりとしてしまった。

「やばっ！　なんかこれ、すごくいいかも！　ちょっと写真撮っておこう」

隣では同じく本を完成させた美咲が、スマホのカメラを起動させて写真を撮っている。夢中でシャッターを切るその様子から、彼女もこのワークショップを楽しんでいたということが伝わってきた。

ちなみに美咲が使った布はひまわり柄のもので、表紙の花が目に鮮やかだ。

「瑞樹君、見てよこれ。表紙も背表紙もジャストフィット。私の採寸、すごくない？」

「安心してください、美咲さん。講師の方の言うことをきちんと聞いて、道具をきちちゃんと使えば、誰でもできますよ」

「そこは素直にほめておこうよ。そんなだから瑞樹君は彼女できないんだよ」

「その言葉、すべて美咲さんに返します。自分すごい的な自慢ばかりしていると、彼氏できませんよ」

やれやれと呆れる美咲へ、瑞樹もいつも通り冷静なツッコミを入れる。

すると美咲は本を胸に抱え、一転してうれしそうに瑞樹の肩に手を置いた。

「うんうん。やっぱり瑞樹君はそれくらいデリカシーがないキャラじゃないと、逆に気持ち悪いよ。安心した」

「それ、ほめている振りして僕のことディスっていますよね」

「そんなことないよ。瑞樹君は瑞樹君らしいままでいるのが一番、って言っているだけ。優しい私が、瑞樹君をディスるわけないじゃん」

妙な屁理屈《へりくつ》をこねて、美咲がのらりくらりと瑞樹の追及をかわす。反省した様子はちっとも見受けられない。

そんな美咲に対して、瑞樹はため息をつきながらやれやれと首を振った。

「ええ、そうですね。美咲さんはものすごく優しいです。そんなことは知っています。それに人を諭《さと》すのも上手なので、先程も含めて僕はいつも助けられています。感謝してもし切れないくらいです」

「あ、あれ？　ええと……そう？」

真正面から馬鹿正直にほめられ、ついでに感謝までされて照れたのだろう。美咲が顔を赤くして、口調が少ししどろもどろになる。

「まさか瑞樹君の口から、そんな言葉が出てくるとは思わなかった。もしかして明日は雨？」

「雨なんて降りません。こんなこと言うのは今回だけです。……美咲さんのおかげで、ワークショップをきちんと楽しむことができたので、今のはそのお礼です」

すねたような表情のまま、瑞樹は美咲から視線を外し、そっぽを向く。その顔は、美咲以上に赤い。本心をさらけ出すことは、思っていた以上に恥ずかしいことだったからだ。

けれど、美咲から背けられた瑞樹の口元はかすかだがほころんでいる。

確かに恥ずかしいことだったが、後悔なんてしていないし、伝えられてよかったと思っている。瑞樹の表情はそう語っていた。逆に言えば、それ故《ゆえ》に瑞樹はそんな顔を美咲に見せるわけにはいかなかった。

「あと、僕が改装したこの本なんですが、よかったら貰ってくれませんか？　これ、中身は図書室だよりで紹介した僕のオススメ本でして、夏休みに一緒に観に行った映画のスピンオフ小説なんです。だから、美咲さんにも読んでもらいたくて……」

「それはうれしいけど……いいの？　せっかく作ったのに」

「ええ、まあ。元々、そのつもりだったので」

「そうなんだ。――うん、ありがとう！」

瑞樹がそっぽを向いたまま差し出した本を、美咲は顔をほころばせながら受け取る。

そして、代わりに自分が改装した本を瑞樹の手に置いた。

「じゃあ、瑞樹君には代わりに、私が作った本をあげるね。今日一日、楽しませてもらったお礼に」

「い、いや、そんな！　別にお礼なんていいですよ。美咲さん、この本のこと、すごく気に入ってたじゃないですか」

「だからだよ。私はすぐにいなくなっちゃうから、一生懸命作ったこの本を、瑞樹君に持っていてもらいたいの」

美咲の言葉に、瑞樹は胸が締め付けられるような苦しさを感じた。

そう。今こうして目の前で微笑んでいる彼女は、遠くない未来にいなくなってしまうのだ。

美咲が今日ここで、瑞樹の隣にいた証し。

瑞樹は美咲が改装した文庫本を、しっかりと受け取った。

「わかりました。この本、大切にします」

「うん！」

瑞樹が本を胸に抱くと、美咲は満足げに頷いた。

そんな彼女を前にしながら、瑞樹は思う。

願わくは、この温かく穏やかな日々がいつまでも続けばいいのに、と――。

瑞樹にとって、もはや美咲と過ごす時間は失いたくないものとなってしまった。どのような形になるのかわからないが、いずれ訪れるであろう終わりの時まで、今の関係を続けていきたい。心の底からそう願ってしまうのだ。

しかし、世の中に変わらないままの関係なんてものはない。瑞樹の願いは、良くも悪くもあっさりと崩れ去ることとなるのだった――。

3

二学期も十一月に入ると、校内は活気と慌ただしさに包まれた。もうすぐ文化祭があるからだ。今日も、午後の授業は文化祭準備に充《あ》てられている。

瑞樹のクラスも、出し物であるお化け屋敷の準備に追われていた。

「秋山《あきやま》！　墓石《はかいし》用のベニヤ、持って来てくれないか」

「はい！　ちょっと待ってくださいね」

瑞樹も大道具の担当として大忙しだ。ただ、みんなで何かを作るという状況に、楽しさを感じる自分もいた。

資材置き場からベニヤを抱え、自分の持ち場へと急ぐ。

するとその時、クラスメイトたちと話す美咲の姿が目に入った。

美咲はこの数か月で、すっかりクラスの中心メンバーのひとりとなってしまった。

その親しみやすく明るい人柄から、美咲は男女を問わずに人気が高い。今も、代わる代わる色んな人たちから相談を受けている。

ちなみに美咲は、相変わらずクラスでは瑞樹にほとんど話しかけてこない。どうやら瑞樹のクラス内での環境が激変しないよう、配慮しているらしい。

『瑞樹君には、自分のペースでクラスに馴染《なじ》んでいってほしいから』

と言っていた。

それはさておき、瑞樹としては、美咲がこの文化祭準備で無理をして体調を崩さないか、少し心配である。二学期に入った頃まではたまに保健室へ行っている程度だったのが、最近は通院のために学校を休むことも出てきている。十月に出掛けた際には、薬の量も増えていた。美咲の体は、確実に病魔《びょうま》に蝕《むしば》まれているということだ。美咲には、まず自分の体を大事にしてもらいたい。

とはいえ、あまり心配しすぎても、美咲に煙《けむ》たがられるだけだ。今は自分の仕事に集中するため、瑞樹はベニヤを抱え直して、その場をあとにした。

「すみません、遅くなりました。ベニヤ、持って来ました！」

「おう、サンキュー！　んじゃ、サクッと塗っちまうか」

「ですね」

クラスの男子たちと組んで、ベニヤに灰《はい》色のペンキを塗っていく。何となく、九月に行った手製本ワークショップのことが思い出され、なんだか楽しい。

「そういやさ、秋山、二学期に入ってちょっと変わったよな」

「ええと、そうですかね」

「ああ。なんかさ、とっつきやすくなった」

ペンキ塗りをしている最中、一緒に作業をしていた男子から、ふとそんなことを言われた。

どうやら自分は、自分が思っている以上に変わってきているらしい。美咲との同盟活動の効果で、クラスに馴染めてきたということだろう。やはり美咲には、感謝しかない。

そんなことを考えているうちにチャイムが鳴り、今日の文化祭の準備は終了となった。

ホームルーム後の掃除当番も終えて、瑞樹はいつものように書庫へ続く廊下を歩く。

ふと窓の外へ目を向けてみれば、校庭に植えられた木々は葉を赤や黄色に染めていた。もはや完全に秋の様相《ようそう》だ。

「そうだ。せっかくだし、美咲さんを誘って紅葉《もみじ》狩《が》りとかいいかもしれない」

唐突な思い付きが、口をついて出てくる。

一度口にしてしまうと、これはなかなか良いアイデアに思えてきた。ここはひとつ、美咲に提案してみるのもいいだろう。電車で少し遠出すれば、この地域にも紅葉の名所と呼ばれるところはいくつかあるし、行き先には困らない。

美咲は掃除当番ではなかったから、もう書庫にいるだろう。

自分の提案に対して、美咲がどんな反応をするだろうか。楽しみに思いながら、瑞樹は歩く速度を上げて書庫を目指す。

すると、書庫の前に見慣れた後ろ姿が見えてきた。

「美咲さ――」

いつもの調子で声をかけようとした瑞樹であったが――その声を途中で止め、出てきたばかりの角の向こうへ慌てて引っ込んだ。美咲が、人と話していたからだ。

瑞樹は廊下の角から顔を出し、様子を窺う。美咲が話しているのは、同じクラスの男子だ。名前は確か……広瀬《ひろせ》だったか。美咲と同じくクラスの中心人物のひとりで、どこかの運動部のエースだと漏れ聞いたことがある気がする。要するに、瑞樹とは真逆の明るく人当たりの良い人気者である。

親しげに話すふたりの様子に、瑞樹は胸がざわつくのを感じた。

「こんなところに書庫があるなんて、初めて知ったよ。藤枝さん、本でも借りに来たの？」

「ううん、ちょっと図書委員の裏方作業のお手伝いをしてて……」

「へえ、そうなんだ。藤枝さん、図書委員じゃないのに偉いね」

「や、そんな別に大したことはしてないし！　全然偉くなんかないよ」

瑞樹は聞こえてくる美咲たちの会話に耳を澄ます。

これでは盗み聞きだ。絶対に良くない。頭ではそう思いつつも、瑞樹はふたりの会話を聞くことをやめられなかった。

ただ、瑞樹はこの判断をすぐに後悔することになる。

「突然だけどさ、藤枝さんって今、彼氏いないんだよね。あのさ、もしよかったらだけど……俺と付き合ってくれない？」

臆病さから聞きに回った瑞樹の耳に届いたのは、彼を絶望に叩き落とすのに十分すぎる一言だった。

「付き合ってって……」

「いきなりこんなこと言って、ホントごめんんね。でも、なんか最近の藤枝さんを見ていたら、いいなって思ってさ」

突然の告白に驚く美咲を、広瀬はさらに言葉を重ねて口説いていく。広瀬の声音は、真剣そのものだ。真剣に、美咲に告白している。

そして見た感じ、美咲もまんざらではなさそうな様子に思えた。顔を赤くして、恥ずかしそうに笑いながら、広瀬の言葉を聞いている。

そして、ふたりの様子を見ていた瑞樹は、強烈なめまいと吐き気に襲《おそ》われた。脳と内臓を引っ掻き回されたかのように、頭と腹の奥が激しく疼《うず》く。三半規管《さんはんきかん》が麻痺《まひ》したのか、地面が波打っているようにも感じられた。

「う……ぷ……」

喉《のど》の奥からせり上がってくる吐き気に、瑞樹は口元を押さえながらその場を離れた。

そのまま逃げるようにトイレへかけ込む。しかし、昼食を取ってから時間が経っていることもあり、いくらえずいても胃液《いえき》が出てくるのみだった。

しばらくすると吐き気も少し落ち着き、瑞樹は力なく壁にもたれた。

美咲は、広瀬からの告白をどう思っただろうか。自分がこうしてトイレでうずくまっている間に、告白を受けてしまったのではないか。

そればかりが気になる。

広瀬は、瑞樹よりも断然かっこよかった。当然だろう。だって彼は、スクールカースト上位にいるような人気者だ。見た目も立ち居振る舞いも垢抜《あか》けていて、態度にも余裕がある。瑞樹にないものを、すべて持っている。

普通に考えれば、告白を断る理由もないだろう。瑞樹みたいな根暗と同盟ごっこを続けるより、広瀬と付き合った方がよっぽど楽しい時間を送れるに違いない。そもそも、今まで美咲に彼氏がいなかったことの方がおかしかったのだ。

そんなことはわかっている。だけど……。

「嫌だ……。嫌だ……」

うずくまる瑞樹の口をついて出てきたのは、拒否の言葉だった。えずいていた時の生理現象とは別の涙が頬を伝う。

美咲が告白される瞬間に図らずも立ち会い、瑞樹が抱いた感情。それは美咲を失うかもしれないという焦りと恐怖だった。

勝手なことだとは、瑞樹もわかっている。そんな感情を抱く自分が醜《みにく》いことも理解している。美咲は瑞樹の所有物ではない。美咲には美咲の人生があり、彼女の人生は彼女のものだ。

それでも……嫌なのだ。美咲が自分の隣からいなくなってしまうかもしれない。そう思うと、体がちぎれてしまいそうなほどに胸が締め付けられた。

「……ああ、そうか……」

ようやく気が付いた自分の気持ちに、瑞樹は力なくうなだれた。

瑞樹の中で、美咲に対する気持ちは、とっくに変わっていたのだ。

最初は不思議なところがある友人。過去を聞いてからは、母と重ね合わせて、最期まで幸せに過ごしてもらいたい相手。

そこで止まっていれば問題はなかったのに、自分の心はいつの間にかその先へと踏み込んでしまっていた。

「どうすればいいんだ、これから……」

最悪の状況で、自分の気持ちを知ってしまった。この状況でどうするのが最善かなんて、瑞樹にわかるはずもない。

焦りから来る苛立《いらだ》ちで頭を掻きむしり、瑞樹は答えの見えない迷宮へと迷い込んでいった。

教室に戻った瑞樹は壁際の自分の席に座り、ひとりでぼんやりとしていた。

どれほどの時間、そうしていただろう。気が付けば下校時刻をすぎており、太陽は西の空に沈んでしまった。教室に残っていたクラスメイトたちもいつの間にかいなくなっており、暗い教室には瑞樹しかいない。

「あ！　こんなところにいた」

突然聞こえてきた声とつけられた明かりに、瑞樹はビクリと体を震わせた。

瑞樹がぎこちない動きで振り返ると、教室の入り口に美咲が立っていた。

「美咲さん、どうしてここに？」

動揺を覚られないように細心の注意を払いながら、瑞樹は美咲に問いかける。

しかし、こうやって口を動かしているその瞬間も、瑞樹はこの状況に対して思考を巡《めぐ》らせ続けていた。

このタイミングで美咲が現れる理由など、いくつもない。一番可能性が高いのは、瑞樹に同盟の解消を告げにきたというものだろうか。広瀬と付き合うことになったから、同盟はこれまで。そう宣告しにきたということは、十分にあり得ることだ。

数秒の間に、瑞樹の思考はあっという間に泥沼《どろぬま》へとはまってしまう。

そんな最悪の展開ばかりを想像する瑞樹に対し、美咲はやれやれという口調で返答した。

「どうしてもこうしてもないよ。いつまで待っても瑞樹君が書庫に来ないから、探してたんじゃん」

そう言って瑞樹の席のところまでやってきた美咲が、にっこりと笑いかけてくる。

一方、瑞樹は屈託《くったく》なく笑う美咲に苛立ちを覚えていた。

頭の冷静な部分では、これが八つ当たりであると理解している。けれど、もう頭の中がぐちゃぐちゃで、どうしたらいいかわからなかった。

もう嫌だ。やってられない。こんな苦しい思いをするくらいなら、いっそのことすべてリセットしてすっきりしたい。

自分の殻《から》に閉じこもって逃げ出したい欲求が、瑞樹の体を支配していく。

そして、ついに臨界点《りんかい》を超えた瑞樹はひきつった笑みを浮かべ、美咲と視線を合わせた。

「どうして書庫に来なかったのかって？　行きましたよ。でも……あんなの見せられたら、出て行けるわけないじゃないですか」

「……え？」

「告白されてよかったですね。僕はすぐその場を離れましたけど、これで友達どころか、彼氏ができたじゃないですか」

「ちょっと待って、瑞樹君！　少し落ち着いて。ていうか、見てたの？　確かに告白はされたけど、あれは――」

「言い訳する必要なんかないですよ。広瀬君、すごくかっこいいじゃないですか。死ぬまでにやりたいことも、彼に付き合ってもらえばいいですよ。きっと僕なんかといるよりも、さらに楽しいものにできます」

美咲が何か言おうとするのを遮り、瑞樹は言葉を重ねる。

一音一音を発するたびに、瑞樹は自分の心が崩れていくのを感じた。

それでも瑞樹の口は、心にもない言葉を——罪もない美咲を困らせ、自らの心を刻んでいく言葉を発し続ける。

「同盟ごっこも、もう十分でしょう。美咲さんにとっても、もうこんな同盟なんて邪魔でしかないでしょうし」

「『同盟ごっこ』って……。瑞樹君にとって、私との同盟ってそんな認識だったの？」

「さあ？　僕にも……もうわからないです」

絶望に染まったような声で問いかける美咲に対し、瑞樹は投げやりな答えを返す。

同時に、瑞樹は美咲を傷つけた罪悪感で、再び猛烈な吐き気に襲われた。

瑞樹が顔を白くしながら見てみれば、美咲も表情を歪《ゆが》めている。

そして、言いたい放題の瑞樹に対し、我慢の限界を迎えたのだろう。目が合ったその瞬間、美咲は激しい怒りのこもった瞳を瑞樹に向けた。

「もう頭きた。いい加減にしてよね、瑞樹君。私が告白されたところを見ちゃったくらいでいじけないでよ！」

「……そんなこと、わかっていますよ。自分のやっていることが八つ当たりだっていうことも含めて、全部……」

美咲の怒りを滲《にじ》ませた声に、瑞樹は力なく答える。

大切な人に怒られたことで、瑞樹の中で渦《うず》巻いていた逃げの欲求は一気にどこかへ消えてしまった。あとに残ったのは、自らの行いに対する後悔と虚無感だけだ。

「ねえ、瑞樹君にとって、私との同盟関係は邪魔なの？　本当に、今すぐにでも解消したいの？」

本当に邪魔なら、今すぐ解消してあげる。美咲の視線は、そう告げている。

対する瑞樹は、まるで迷子になった子供のように顔を歪めた。

「そんなわけないじゃないですか！　美咲さんとずっと一緒にいたいです。これからも隣にいてほしい。でも……」

「なんでそこで『でも』ってつけるの？　素直にそう言えばいいじゃん！」

「言えないですよ！　だって広瀬君は、僕よりも美咲さんにふさわしくて……。僕のわがままで美咲さんの幸せを奪うことなんてできないです」

「私の幸せを瑞樹君が勝手に決めないで！　私の幸せを決めるのは私自身で、瑞樹君じゃない！　勝手なことばっかり言わないで！」

美咲の叫びに、瑞樹は目を見開いて息を呑む。

美咲の人生は美咲のものとわかっていたはずなのに、いつの間にか自分の考えを押し付けてしまっていた。周りが見えなくなり、大切な人に対して身勝手な振る舞いをしていた。

自分がいかに馬鹿なことをしていたかに気付き、瑞樹は放心する。

「……広瀬君はさ、確かに素敵な人だと思うよ。瑞樹君よりもかっこいいし、瑞樹君よりも気が利くし、瑞樹君よりもおしゃべりが上手だし」

「ぐっ……」

美咲の飾らない評価に、思わずうめいてしまう。

やはり自分は、広瀬に敵うところが何もない。美咲の隣に立てる器ではない。

心がくじけ、顔がどんどん下を向いていく。

「でも、お断りした。『ごめんなさい』って、その場でちゃんと返事をした」

しかし、美咲が発したその一言に、瑞樹は思わず顔を上げた。

「断ったって、どうして……」

「どうしても何もないじゃん！　ていうか、本当にわからないの？」

「『わからないの？』って言われても……」

いや、本当は何となく察しているのだ。しかし、その答えに自信がなくて口にすることができない。

すると怒りで気が短くなっていた美咲が、涙をボロボロ流しながら瑞樹を睨みつけた。

「ホンットにぶい！　私が好きなのは瑞樹君なの！　広瀬君よりも、瑞樹君がいいの！　言わせないでよ、こんな当たり前のこと!!」

「え……。あ。その……」

怒りと涙の中で告白され、瑞樹は呆然と立ち尽くす。

本来なら泣きたいほどうれしいことを言われているはずなのに、これでは喜ぶ余裕さえない。というか、この状況からどうしたらいいかわからない。

一方、美咲の方は抑えが利かなくなったのか、泣いたままヒートアップした様子で言い募る。

「そもそも瑞樹君、二年前の病院でのことも完全に忘れてるでしょ。私、本当にショックだったんだから！　まったく、他人に興味がないにもほどがあるでしょ。そんなんだから、高二にもなって交際経験ゼロなのよ！」

「お言葉ですが、交際経験ゼロなのは、美咲さんも同じでは……」

「話を逸らすな！」

「……申し訳ありませんでした……」

反論を試みた瑞樹だったが、美咲の剣幕《けんまく》には勝てなかった。

ただ、やはりこの状況は良くない。美咲は怒りながら泣いたままだし、このままだと騒ぎになってしまいかねない。

いや、それよりも美咲が気になることを言っていたし、何より……瑞樹としても、八つ当たりしてしまった件をきちんと謝りたい。

そのためにも、まずは美咲に話を聞いてもらわなくてはいけない。

というわけで、瑞樹は心の中で「ごめんなさい！」と謝りながら、美咲の手をぎゅっと握った。

瑞樹の突然の行動に、美咲も泣きはらした目を丸くして息を呑む。

「ええと……何？　ギブアップのつもり？　まだ文句を言い足りないんだけど」

「いや、ギブアップはギブアップなんですが……。その……ひとまず場所を移しませんか？　こんなところを誰かに見られると……色々面倒ですし」

顔を赤くしながらジト目で睨んでくる美咲に、瑞樹もトマトより真っ赤な顔で目をグルグルさせながら答える。

実際、今は文化祭の準備期間中。すでに下校時刻を回ったとはいえ、出し物の準備のために居残りしているクラスもあるのだ。誰がいつ、この教室の前を通るかわからない。いや、そもそも今の騒ぎを聞きつけて、誰かがやってきてもおかしくはないだろう。

「………。……確かに」

瑞樹からの指摘を受けてそのことに気付いたらしい美咲は、ムッと眉根《まゆね》を寄せなががらも頷いたのだった。

教室では、落ち着いて話ができない。というわけで、瑞樹と美咲はまず人が来ることはない部屋――書庫へと移動した。

「とりあえず、誰にも見つからなくてよかったですね」

「……そうだね」

瑞樹が愛想笑いを浮かべて、机の向こう側を見る。そこには、ムスッとしたまま椅子に座る美咲がいた。

まだ機嫌は悪そうだが、とりあえず落ち着いてくれたようだ。

もちろんそれは、瑞樹の方も同じ。もう殻に閉じこもろうとはしていない。

瑞樹は机を回り込み、機先《きせん》を制するように美咲へ向かって深々と頭を下げた。

「美咲さん、さっきはすみませんでした。美咲さんの話も聞かず、八つ当たりでひどいことを言ってしまって……。美咲さんが怒るのも当然です。本当に申し訳ありません」

「うん……。まあ、私も怒り任せで言いすぎた。ごめんなさい」

瑞樹の謝罪を受け、美咲もバツが悪そうな顔で謝る。一通り謝り終えると、美咲から「座ったら？」と促された瑞樹が、机の向こうへ戻って着席した。

「………」

「………」

向かい合う形で座ると、今度はふたりの間に微妙な沈黙が降りた。勢いで告白紛《まが》いのことをしてしまった美咲は居心地が悪そうだし、瑞樹も何をどう話していいのかわからない。

そんな微妙な空気が十分ほど続いた頃だ。ここは男として先に動かねばと意を決した瑞樹が、ぎこちない笑顔を浮かべて口を開いた。

「あの……ええと……そうだ！　さっきの話の続きなんですけど、病院での出来事って、どういう意味……だったんです……かね……？」

ここに来るまでずっと気になっていたことを、瑞樹は美咲に振る。

しかし、その声は尻すぼみとなってしまった。瑞樹が言葉を紡いでいくごとに、美咲の機嫌がみるみる悪くなっていったからだ。

「僕、気に障《さわ》るようなこと言いましたか……？」

「……まだ、思い出さないんだ。私たちが初めて会った時のこと」

「すみません……」

瑞樹がしょんぼりうなだれると、美咲は盛大にため息をついた。

「あの時は、本当にかっこいいって思ったんだけどな……」

「あの……差し支えなければ、教えていただいてもよろしいですか？」

これ以上ないほどの丁寧さで、瑞樹は美咲にお願いをする。

「……わかった。じゃあ、ヒントをあげるから、がんばって思い出して。時期は二年くらい前だよ。会った場所は、病院の中庭。言っとくけど、すれ違ったとかじゃないからね」

どうしても瑞樹自身に思い出してほしいらしく、美咲は答えを言わずにヒントを並べていく。

二年くらい前ということは、ちょうど母が亡くなる少し前といったところだ。その頃に病院で、同世代の少女と接触した記憶。それも、すれ違うというレベルではないもの……。

検索条件を加えて記憶をさらった瑞樹は、ついにひとつの出来事に行き当たった。

「ええと、美咲さん。つかぬことをお伺いしますが、二年前に病院の中庭で倒れていたことなど……ありますか？」

「……ようやく思い出した？　そう。それが私」

瑞樹が恐る恐る尋ねると、美咲がふてくされた顔で自分のことを指さした。

同時に、瑞樹の頭の中で当時の記憶が鮮明に蘇ってくる。

それは、二年前の冬の初めのこと。瑞樹が近道で病院の中庭を通り抜けようとした際に、木の陰で女の子が胸を押さえてうずくまっているのを見つけたのだ。

これはただ事じゃないと即座に判断した瑞樹は、女の子を抱き上げ、近くにいた看護師に助けを求めた。かけ付けたのは瑞樹とも顔見知りの看護師で、その人はすぐに別の応援を呼んで、女の子をストレッチャーに乗せて運んでいった。

後日、その看護師から『無事に助けられた』と感謝されたのだが……まさかその女の子が美咲だったとは、夢にも思わなかった。

「すみません。僕、あの時は必死で顔を覚える余裕もなくて……。まあ、普段から人の顔を覚えるのは苦手なのですが……」

「ふーん……」

とりあえず言い訳しながら謝ってみると、美咲からじと～っと睨まれてしまった。好きだと気が付いて早々、恋が終わりそうである。へたな言い訳をするんじゃなかったと、瑞樹は早くも後悔した。

「まあ、こっちは助けてもらった立場だし、顔を覚えていなかったことを、とやかく言うつもりはありません。瑞樹君に落ち度があるわけでもないし、確かにあの時は緊急事態だったしね。——でも、最後にこれだけは言わせて」

美咲が強い意思のこもった眼差しで、瑞樹を見つめる。

　そして、一体何を言われるのかとビクビクする瑞樹を見つめたまま、表情を和らげ——

「あの時は、助けてくれてありがとう」

　と、深々頭を下げた。

「……へ？」

「ずっと言えてなかったから……。——というか、私、このお礼を言うためにこの学校を選んだんだからね。死ぬまでにやりたいことのひとつとして」

　間の抜けた顔で首を傾げる瑞樹へ、美咲はちょっと照れくさそうに告げる。過去話をした際に言っていた『瑞樹君がいる高校を選んだ理由』とは、これだったようだ。

「瑞樹君がいなかったら、私の人生はあの時に終わっていたかもしれない。だから、本当にありがとう」

「いや、そんな……。僕は偶然美咲さんに気が付いて、ただ助けを呼んだだけですし……。感謝なら、看護師さんとお医者さんに言ってください」

　瑞樹が困ったように首を振る。

　しかし、美咲は「そんなことないよ」と優しく反論した。

「実はあの日さ、検査の結果が悪くて、ちょっと落ち込んでたの。それでひとりになりたくて、あんな中庭の隅っこに行っちゃって……。そしたらいきなり発作《ほっさ》が起こって、何もできなくなっちゃった」

美咲が、当時のことを思い出すように遠くを見つめながら言う。

「辛くて、苦しくて。でも、誰にも気が付いてもらえなくて……。あの時は、『ああ、ここで死ぬのかな』って、本気で思ったんだ」

「美咲さん……」

「でも、瑞樹君だけは、たとえ偶然でも、そんな私に気付いてくれた。それで私の手を握りながら、『大丈夫ですよ！』って言ってくれた。あの時、たぶん瑞樹君の声が私をつなぎとめてくれたと思うんだよね。だから――ありがとう」

そう言って、美咲は瑞樹に笑いかける。

確かにあの時、瑞樹はあと少しがんばってという思いを伝えたくて、無我夢中《むがむちゅう》で女の子に呼びかけた。気休めにもならないかもしれないが、それでも何かをしたくて、必死にその手を握った。

そして、そんな瑞樹の行いは、無駄ではなかったのだ。あの女の子――美咲が、それを瑞樹に示してくれた。

「看護師さんから話を聞いて、本当はすぐにでもお礼を言いたかったんだけどね。前にも言った通り、瑞樹君のことは知っていたから。でも、発作のあとはしばらく病室から出してもらえなくなっちゃって。それで、ようやく出られるようになって『これでお礼が言える！』って思ったら、その矢先に――」

「……母が亡くなって、僕は病院に行かなくなったんですよね」

言葉を引き継ぐように瑞樹が言うと、美咲は無言で頷いた。

「で、転校して、ようやく同じ学校の同じクラスになれたから、『今度こそ！』って思ったんだけどね……。初日の放課後に瑞樹君のあとをつけて、書庫で声をかけてみたら、私のこと全然覚えてないし……。おかげで、今になってやっと言えたよ」

「いや、ですから、それはすみませんと何度も……。というか、僕に落ち度はないから、これ以上何も言わないんじゃなかったんですか？」

「そうだけどさ、なんかやっぱりモヤモヤするっていうか……うん！　やっぱり瑞樹君が悪い！」

「なんですか、それ……」

美咲のあんまりな結論に、瑞樹はどうすればいいんだと天を仰《あお》いだ。

「あと……ええと、その、さっき告白的なものもしてもらった気がしますが……も、もしかしてその時から、僕に好意……を持ったと？」

ついでに、なけなしの勇気を振り絞って、瑞樹的に一番重要なことを聞いてみる。

本人的には流れで聞いたように装ったつもりであるが、その顔は赤く、声音も緊張で満ちていた。

「ううん。その時は単に命の恩人とだけ思ってたかな」

だが、美咲は首を振りながらサラッと否定した。

なんだか少し悲しくなって、瑞樹は内心でへこむ。聞かなければよかったと思った。

「でも、今にして思えば、やっぱりその頃から瑞樹君を好きになっていたんだと思う。ただ、認めるのが怖かっただけで……。だからあの時も、陽子さんにあんなことを言っちゃったんだと思うし」

「あの時？　あんなこと？　母と、何かあったんですか？」

唐突に出てきた新ワードに、瑞樹は首を傾げる。

しかし美咲は、そっぽを向いてしまった。

「私のことを忘れていた瑞樹君には、まだ教えてあげない」

「またそれですか。いい加減、全部話してくれてもいいと思いますけど」

今度は瑞樹が不満そうな目で美咲を見るが、当人は「ダメ」の一点張りだ。

瑞樹としては、またしても消化不良だ。本当に、美咲には翻弄《ほんろう》されてばかりである。

ただ――

「でも今は、その約束に感謝してる。おかげで瑞樹君とまた会えて――瑞樹君が好きだって認めることができた」

頬を朱《しゅ》に染めて、はにかみながらそんなことを言う美咲の姿は、あまりにも可愛くて……。多少の謎《なぞ》が残るくらい問題ないか、と思えてしまった。

それに……今はそんな細かい謎よりも重要なことがある！

「美咲さん、聞いてほしい話があります」

「……うん」

一世一代の覚悟を決め、瑞樹は美咲に声をかける。

好きな人が、ここまで気持ちをさらけ出してくれたのだ。これで何もできないのでは、男として終わっているだろう。

瑞樹は一度目を閉じ、大きく深呼吸する。

そしてゆっくり目を開き、居住まいを正し、瑞樹は正面に座る美咲と向き合った。

「あらかじめ言っておきます。僕がどんなこと言っても、驚かないでくださいね」

「その前振り自体が不吉なんだけど……。何？　もしかして私、これから振られるの？」

勝手に話を飛躍させた美咲が、おろおろと慌て出す。

その姿を微笑ましく思いながら、瑞樹は優しく「美咲さん」と呼びかけた。

瞬間、「はいっ！」と美咲の背筋が伸びる。頭の中では色々な想像が膨らんでいそうだが、ひとまずは意識を瑞樹の方へと向けてくれた。

「美咲さん、覚悟してください」

「わ、わかった。こうなったら、ドンとかかってきて！」

「わかりました。では――」

身構えるように目を閉じ、体を強張《こわば》らせた美咲を見据える。

そして瑞樹は大きく息を吸い、全身全霊の想いをこめてその言葉を言い放った。

「美咲さん、僕と……結婚してください」


「――へ？」

瑞樹の放った言葉が溶け、代わりに美咲の呆けた声が空気を震わせる。

「ごめん、瑞樹君。私、聞き間違えちゃったかもしれない。――今、何て言った？」

「結婚してください、と言いました。俗に言うプロポーズです」

「……マジで？」

「大マジです」

何度も確認する美咲に、瑞樹は気合で照れを隠し、表情を崩すことなく頷く。

まさか瑞樹から告白の返事どころかプロポーズが出てくるとは、美咲も想定していなかったのだろう。「ああ、うん。ちょっと落ち着こうか……」と自分のこめかみを揉《も》みほぐし、改めて瑞樹と視線を合わせる。

「あのね、瑞樹君。こういう時ってさ、普通は『付き合ってください』って言うもんじゃないかな？」

「いきなりプロポーズしたくなるくらい美咲さんが好きで、それくらい美咲さんと付き合いたいと思っているということですが、問題ありましたか？」

「問題しかないと思うけどね。さすがにこれは、私も予想外。……うれしいけど」

「喜んでもらえたなら、僕的には問題なしです。――まあ実際問題として、法律的に結婚できないことはきちんと理解しているので、そこはご安心を。あくまで心意気です」

自分でもよくわからない理論だと理解しているし、一言発するたびに恥ずかしくて顔から火が出そうになる。それでも紛れもない本心なので、瑞樹は自信を持って言い切る。

すると美咲も、おかしそうにくすくすと笑い始めた。

「でも、そっか。いきなりプロポーズしたいほど好きか……。うん、よくよく考えると、悪くないかも。瑞樹君の本気度が、すごく伝わってくるし」

「いや、あの……。そうやって繰り返されると、僕も恥ずかしいのですが……」

今度こそさすがに、瑞樹の顔も真っ赤になる。

しかし、今日初めて美咲の自然な笑顔を見た気がするせいか、瑞樹の表情も自然と柔らかくなった。

「……あ、でも、本当にいいの？　本当に後悔しない？　私、きっと無自覚に空気読めないことたくさんするよ。それに、気に入らないことがあるとすぐに怒ると思うし……。一緒にいてもあまり楽しくないかも……」

ただ、美咲は笑顔から一転、すぐに不安そうな顔で瑞樹を見つめた。

普段は自由人なのに、いざとなったら心配性。こういうところも、本当に可愛らしいと思う。気が早いが、すでに惚《ほ》れた弱み全開である。

ともあれ、瑞樹は美咲に対して、ゆっくりと首を振ってみせた。

「美咲さんと一緒にいて楽しくなかったことなんてないですよ。対人スキルで言ったら、僕よりも断然上です。それに空気が読めないのはお互い様です。僕も、美咲さんにたくさん迷惑かけると思います」

「……なるほど。つまり私たち、似た者同士ってことか」

「ええ。なので、きっと相性バッチリですよ、僕たち」

瑞樹の返しに、美咲もプッと噴き出し、「そうだね」と頬を染めながら頷いた。

自分の一言で、美咲の不安すべてを洗い流せたわけではないだろう。それができると思えるほど、瑞樹は自信家ではない。

けれど、美咲の心の扉をノックすることはできたと、それくらいの自惚《うぬぼ》れは持ちたい。

再び表情を和らげた美咲を見つめ、瑞樹はそんなことを思った。

すると、当の美咲が人差し指を目の前に突き出してきた。

「じゃあ、最後にもうひとつだけ。――私、きっとすぐに瑞樹君の前からいなくなっちゃうよ。瑞樹君を残して、先に逝《い》っちゃう。それでもいい？」

美咲は真剣な眼差しで、静かにそう聞いてくる。いや、現実を突き付けてくる。

すぐにいなくなる。先に逝く。

想像するだけで恐ろしいことだ。美咲が隣からいなくなるなんて、考えたくもない。

けれど、それが現実。確かに訪れてしまう、変えようのない未来。

そして、いざそうなった時に、自分は耐えられないかもしれない。美咲がいない現実に押し潰されてしまうかもしれない。

だが、それでも瑞樹の答えは変わらない。

瑞樹は、自分に向かって突き出された美咲の手を、自分の両手で包み込む。

「本当にいなくなってしまうのなら、なおのことです。もし許されるのなら、美咲さんに残された時間を、僕にも共有させてください。僕は、最期のその時まで美咲さんと一緒にいたいです」

瑞樹の声が静かな書庫に溶け込んでいく。

美咲がいなくなった時のことを思えば、ここで距離を置くのが正解なのかもしれない。そうすれば、傷は浅くて済むだろうから。賢い選択というやつだ。

けど、今の瑞樹にそれは選べない。たとえあとで大きな傷を負うとわかっていても、今この時を美咲と共に生きていきたい。その願いにだけは、嘘をつけない。

自分の思いを伝えた瑞樹は、最初のプロポーズの時と同じく、美咲の返答を待つ。

ただ、続く美咲の反応が最初の時とは異なっていた。目から大粒の涙を流して泣き始めたのだ。

さすがにこの場面で泣かれるとは思っておらず、瑞樹は一瞬にして顔を青くした。

「あの、すみません！　もしかして僕、何か気に障ること言ってしまいましたか？」

「ううん、違うの。辛くて泣いているんじゃない。うれしすぎちゃって、涙止まらない」

混乱のまま右往左往《うおうさおう》する瑞樹に、美咲が涙声のまま泣き出した理由を説明する。

「ああ、もう……。死ぬまでにやりたいこと、ひとつ増えちゃったなぁ」

美咲は嘆くようなことを言いながら、それでも穏やかな面持ちで瑞樹と相対した。

「ありがとう、瑞樹君。すごくうれしい」

「あ、いえ、そんな……。ええと、それじゃあ……」

しどろもどろになりながら、瑞樹が確認するように訊く。

するとと美咲は満開の笑顔を見せながら、はっきりと大きく頷いた。

「こちらこそ、よろしくお願いします。先立つことが決まっている正真正銘《しょうしんしょうめい》の不束《ふつつか》な彼女ですが――どうか最期まであなたの傍《そば》にいさせてください」

「――ええ、もちろんです」

美咲に微笑みかけた瑞樹は机から身を乗り出し、彼女の涙をそっとぬぐった。

第三章　なくしたくないもの、残るもの

1

「おお！　瑞樹君、見て！　すごく綺麗」

「ええ。テレビで観るのとは、全然違いますね」

ふたりで空高くそびえるクリスマスツリーを見上げながら、瑞樹と美咲は感嘆の声を上げた。

十二月二十四日、クリスマスイブ。

いつもの裏方作業を終えたふたりは学校帰りに足を延ばして、街中で開催されているイルミネーションを見に来ていた。

「美咲さん、見てください。このツリー、二万個の電球が使用されているそうですよ。一晩で電気代、いくらくらいになるんですかね」

「瑞樹君ね、あんまり夢を壊すようなこと言わないでよ。ここは『イルミネーションよりも美咲さんの方が何倍も綺麗です』とか言っておけばいいの」

「自分でそういうことを言うのも、どうなんですかね」

軽口のような会話を交わして、どちらからともなく笑い合う。こういうところは、夏から何も変わっていない。

しかし、確かに変わったところもある。

恋人として付き合い出した瑞樹と美咲は、より一層ふたりでいる時間を大切にするようになっていった。

放課後の裏方作業が終わったあとはふたりで下校し、休日も共に過ごす。特別な何かをしたり、どこかへ出かけたりしなくても、ただふたりでいるだけで満ち足りていた。

だが、どれほど満ち足りた時間を過ごしていても、瑞樹の中には常にひとつの不安があった。

「あ、瑞樹君！　見て、あっちで噴水《ふんすい》がライトアップされてるよ！」

「あ、ちょっと待ってください、美咲さん。そんなに引っ張らなくても、噴水は逃げませんから」

手を取って引っ張っていく美咲に、瑞樹は慌てた声を上げながらついて行く。

そして、自分の手を握る美咲の手を、切ない眼差しで見つめた。

最近、瑞樹は美咲が少しずつ痩《や》せていっていることに気が付いた。手を握るたび、腕を組むたび、美咲の体がか細くなっていっているように感じられるのだ。きっと美咲の病気が進行していることの表れなのだろう。

美咲は、二十歳まで生きられないと医者から言われている。それどころか、早ければ一年とも……。自らの選択とはいえ、入院していることを拒《こば》んだ美咲の寿命は、いつ尽きてもおかしくないところまで差しかかろうとしているのだ。

「あれ、どうかしたの？　なんか変な顔して」

「いいえ、何でもありません。――あ、それよりも美咲さん、ちょっといいですか？」

「ん？　別にいいけど？」

不思議そうに首を傾げる美咲へ、瑞樹は優しく微笑んだ。己の感じている不安を、心の中に隠して……。

そして、瑞樹はリュックサックからリボンがついた細長い箱を取り出した。

「メリークリスマス。僕からのクリスマスプレゼントです」

「わっ！　ありがとう。なんだろう、開けてもいい？」

「もちろんです」

美咲がワクワクした顔でリボンをほどき、箱を開ける。

中に入っていたのは、揃いのデザインのシャープペンシルとボールペンだ。

「最初はアクセサリーとかを買おうかと思ったのですが、何をどう選んだらいいかわからなくて……。これなら、普段使いしてもらえるかと思いまして」

「うん、学校で使う！　ありがとう、瑞樹君」

二本のペンを箱に戻し、美咲がにっこり笑う。

どうやら喜んでもらえたようで、瑞樹もホッとした。

「じゃあ、私からもクリスマスプレゼント。はい、マフラー。……手編みじゃなくて、買ったものだけどね」

プレゼントをリュックサックにしまった美咲が、代わりのように取り出した包みを瑞樹に差し出す。

受け取った瑞樹が開けてみると、中からは学校にも着けていけそうな紺《こん》のマフラーが出てきた。

「ありがとうございます。大事に使わせてもらいます」

「うん！」

瑞樹が早速マフラーを巻いてお礼を言うと、美咲もうれしそうに頷く。なんだか首元だけでなく胸まで温かくなった。

プレゼント交換を終え、イルミネーションも心ゆくまで楽しんだ瑞樹たちは、市街地をあとにする。そして美咲を家の前まで送り届けた瑞樹は、そのままひとり家路に就いた。

寒い夜の街を歩きながら、瑞樹はふと左手をマフラーに添え、自分の右手を見つめた。先程まで、美咲とつないでいた右手を……。

美咲のことが大事になっていくほど、不安も加速度的に大きくなっていく。ひとりベッドの中で美咲を失う恐怖に駆られながら、何度も眠れない夜を過ごした。本人は望まないとわかっているが、すぐに入院して少しでも長く生きてほしいと願ってしまうほどだ。

しかし、時間は残酷だ。時が流れることを恐れる瑞樹を嘲笑《あざわら》うかのように、時計の針を止めることなく先へと進めていく。

ただ、そんな中で迎えた十二月二十六日。冬休みの一日目は、瑞樹にとって怯える暇もないほど賑やかで忙しい日となった。

「それでは、大掃除を始めます！　今日中に書庫の中全部綺麗にするから、気合入れてね」

朝早くから書庫に集まり、美咲が瑞樹に向かって宣言する。今日は、裏方作業の仕事納《おさ》めということで、ふたりで書庫の大掃除をする約束だった。

「この書庫を使わせてもらうようになって長いですが、きちんと掃除するのは初めてです」

「ここには、たくさんお世話になったもん。感謝の気持ちを込めて、隅々まで綺麗にしてあげようね」

「ええ。がんばりましょう」

美咲の言葉に頷き、瑞樹は書庫の中を見回す。

瑞樹がこの書庫を使うようになったのが一年生の十二月だったから、ちょうど丸一年。思えば、美咲と初めて会話を交わしたのも、この書庫だった。そして、美咲に告白したのも……。

美咲が言う通り、一度くらいは最大限の感謝を込めて綺麗にしてあげたいと、瑞樹も思う。それがこの書庫に対してできる唯一の恩返しだから。

瑞樹は気合を入れてエプロンをかけ、三角巾《さんかくきん》を頭に着ける。

「すみません、お待たせしました。それじゃあ、始めましょうか」

「オッケー。それじゃあ、先に書架の掃除からやっていこうか」

「わかりました」

ふたりで掃除道具一式を持って、それぞれに書架の間に入る。

吸着《きゅうちゃく》モップを差し込んで、書架に並んだ本のほこりを落としていく。書庫にはたくさんの書架が並んでいるので、結構な重労働だ。

「瑞樹君、そっちはどんな感じ？」

「ようやく三連目が終わりました」

「あ～、先は長いね～」

書架の端と端からそんな会話を交わしながら、一連、また一連と片付けていく。

あちこち動き回っているので、冬なのにふたり揃って汗だくだ。それでも、どうにかお昼を少し過ぎた辺りで、書架の掃除を終わらせることができた。

最後の棚のほこりを落とすと、美咲が肩をグルグルと回した。

「棚の掃除、ようやく終わったね～。とりあえずお昼ご飯食べて、続きはそのあとにしよっか」

「それはいいですが、美咲さん、体調の方は大丈夫ですか？　かなり体を動かしていましたけど……。もしきつかったら、いつでも言ってくださいね。残りは僕の方で掃除しますから」

汗だくの美咲を見て、心臓のことが心配になった瑞樹が、気遣わしげに尋ねる。

そんな心配性の彼氏の額を、美咲は「ていや！」と軽くチョップした。

「お気遣い、ありがとう。けど、壊れ物みたいに大事にされすぎると、逆に疲れちゃうよ。私も高校生だし、きつい時は『もうダメ！』ってちゃんと言うからさ。難しいかもしれないけど、それまでは見守っていてくれるとうれしいかな」

驚き顔で額を押さえる瑞樹に、美咲がにっこりと安心させるように笑いかける。

すると瑞樹は、バツの悪そうな顔で、照れくさそうに頬を赤くした。

「そう……ですよね。すみません。心配するだけが僕の務めじゃないですよね」

「そういうこと！　迷惑かけてる私が言えた義理じゃないけどさ、フェアにいこうよ」

「はい」

美咲に向かって、瑞樹も微笑み返す。

結局その日、掃除は夕方近くまでかかってようやく終わった。

午後の掃除の間も、美咲は一度も「辛い」と言わなかった。ただひたすらに、書庫を綺麗にすることだけに集中していた。まるで、今を逃すと機会がないとでもいうかのように。

だから瑞樹も、美咲を過剰に心配する素振りは見せなかった。

実のところ、瑞樹としては心配で堪《たま》らなかったというのが本音だ。それでも、過保護になりかける感情をがんばって外に出さないようにしていた。

ともあれ、綺麗になった書庫に「一年、ありがとうございました」とお礼を言い、瑞樹は清々《すがすが》しい気分のまま年を越すことができたのだった。

そして迎えた新年。瑞樹は——元日の朝から人生最大の試練を迎えていた。

「紹介するね。こちら、私の彼氏の秋山瑞樹君です！」

「あの、は、はじめまして。あ、秋山、み、み、瑞樹と申しましゅ。き、今日は、その、お招きいただきまして、どうもありがとうございましゅ」

緊張で声を裏返らせ、言葉を噛みまくりながら、瑞樹はブリキ人形のようにガチガチの動きで、目の前に立つ中年の男女にお辞儀をする。

ここは、美咲の家。そして、瑞樹がその玄関先で向かい合っているのは、美咲の両親だ。

瑞樹は新年早々、美咲の両親にご挨拶をしていた。

ちなみに、母親は美咲がそのまま歳《とし》を重ねたような顔立ちだが、父親はあまり美咲と似ていない。温厚そうだがちょっと厳《いか》つい顔付きで、何かスポーツをやっていたのかがっしりとしている。

「そんなに固くなる必要はないよ。はじめまして、瑞樹君。美咲の父の藤枝健介《けんすけ》です。今日はよく来たね」

「母の泉水《いずみ》です。外、寒かったでしょう。さあさ、上がって。ゆっくりしていってね」

「は、はい！　恐縮です」

美咲の両親から迎えられ、瑞樹はまたもガチガチの動きで頭を下げた。

なぜ瑞樹が元日から美咲の家を訪れることになったのか。それは、今目の前にいる美咲の両親から招待を受けたからだ。

『そういえばさ、瑞樹君、元日って暇だよね』

『断定されることに釈然《しゃくぜん》としないものを感じますが、完全に暇です』

『じゃあさ、うちにおいでよ。お父さんとお母さんが、一度会ってみたいから連れて来いって』

『ほう、美咲さんのご両親が……。――って、はい!?』

というやり取りがあったのが、大晦日の夕方のこと。

詳しく話を聞くと、叔父が帰らず、瑞樹が正月もひとりであることを聞いた美咲の両親が、『それなら遊びに来てもらったら?』と言ってくれたらしい。

玄関先での挨拶もそこそこに、瑞樹は居間へと通された。瑞樹は促されるまま、健介の対面に座る。彼女の父親と向き合うのは、かなりのプレッシャーだ。冬だというのに、瑞樹の背中は滝のような汗で濡れていた。

「まあ、自分の家だと思ってくつろいでくれ」

そんな瑞樹の様子を察してか、健介は微笑みながらそう言ってくれる。

無論、それでくつろげるなら誰も苦労しない。瑞樹はビシッと背筋を伸ばした正座のまま、「ありがとうございます」とだけ答えた。

と、ここで瑞樹に第二の試練が発生。

「じゃあ、私はお茶を淹れてきますので」

「あ、お母さん、私も手伝う」

なんと台所に立った母親と共に、美咲まで居間からいなくなってしまった。

つまり、今この部屋には瑞樹と健介だけ。瑞樹は……緊張がピークに達して気絶しそうになった。

しかし、そんな瑞樹の意識を、健介の声がつなぎとめる。

「まさか、美咲の彼氏とこうして顔を合わせる日が来るとはね……。正直、去年の今頃には、考えもしなかったよ」

その感慨深げな言葉に、瑞樹は少しだけ冷静さを取り戻した。

去年の今頃は、美咲もまだ入院していたはずだ。美咲の両親にとっては、彼氏どころか美咲が再びこの家に帰ってくることさえ、想像できなかったのかもしれない。

どういう形であれ、再びこの家で美咲と過ごせる時間は、きっと彼らにとってかけがえのないものであるのだろう。

そして、瑞樹は今さらながら理解した。自分は、彼らが美咲と過ごせる貴重な時間を奪い続けてきたのだと。自分の気持ちばかりを優先して、美咲を大切に思う他の人々のことを、まったく考えていなかったと……。

「……すみません」

気が付けば、瑞樹は健介に向かって頭を下げていた。自分がこれまでしてきたことが、独占欲に満ちたひどいわがままに思えてきて、謝らずにはいられなかったのだ。

「なぜ謝るのかな？」

「なんだか急に、僕はおふたりにとって、美咲さんと過ごす時間を奪う邪魔者なのではないかと思えてきまして……」

穏やかに微笑みながら問う健介に、瑞樹は感じたままを素直に答える。

だが、そんな瑞樹の不安に対し、健介は「それは違うよ」と首を振った。

「美咲と一緒にいる時間は、確かに大事だ。だけど、それ以上に私たちが望むのは、あの子の幸せだ。あの子が最期まで笑っていられるなら……私たち夫婦は、それ以上を望まない。美咲にとって君と過ごす時間が大切なら、私たちはそれでいい」

健介は、落ち着いた声音で、しかしはっきりと言い切る。

対する瑞樹は——圧倒されながら、思わず息を呑んでしまった。

自分たちが一緒に過ごせなくても、美咲が幸せなら、それ以上は望まない。

そんなこと、瑞樹には嘘でも言えないと思う。だって、美咲と過ごしたいという気持ちを抑え切れないから。

しかし、目の前にいるこの人は、娘と過ごしたいという自分の気持ちよりも、娘の意思と幸せを優先してみせた。そう言えるだけ娘のことを愛しており、何より自分を律《りっ》することができるくらい、待ち受けている未来に対して覚悟を固めているのだ。

健介が見せたその覚悟の強さを前に、瑞樹は何も言うことができない。

すると、黙り込む瑞樹に向かって、健介が言葉を継いだ。

「美咲から聞いたよ。二年前、君が美咲を助けてくれたそうだね。本当にありがとう。今日は、それが伝えたかったんだ」

「いえ、そんな。僕は、自分にできることをしただけですので」

頭を下げてくる健介に、瑞樹は恐縮しながら応じる。

ただ、健介の言葉は、それで終わらない。

「正直に言えば、私はまだ君のことを完全に信用できていない。信用するには、君のことを知らなさすぎるからね。ただ、それでも……私は君のことを信じたいと思っている。この先、何があるかわからないが、あの子をよろしく頼むよ」

「はい。もちろんです」

真摯《しんし》に訴える健介に、瑞樹も誠心誠意の気持ちで答える。

そして、瑞樹の返答に、健介は穏やかに微笑んだ。

「ありがとう。その言葉が聞けてうれしいよ。――ああ、それと、いきなり重たい話ばかりしてしまって、すまなかったね。ここからは、正月らしく楽しくいこう」

言うが早いか、健介がまとっている雰囲気が砕けたものとなった。

彼との会話でいくらか緊張が解けていた瑞樹も、さらに少し気を緩《ゆる》める。

すると、健介が「ところで瑞樹君」とテーブルに身を乗り出してきた。

「今日は君に見せたいものがあってね。きっと喜んでくれると思うのだが……」

そう言った健介は、テレビラックの陰からいそいそと何かを出してきて、テーブルの上に置く。

同時に、〝それ〟を見た瑞樹の目が驚きに丸まった。

「こ、これは……」

「どうだろう。お気に召してくれたかね？」

ニヤリと笑いながら尋ねてくる健介。

その笑顔に、瑞樹はいたずらっぽく笑う美咲の面影《おもかげ》を見た。どうやらあの笑顔と性格は、父親譲《ゆず》りだったらしい。

ともあれ、テーブルの上に積まれた〝それ〟を前にした瑞樹は――

「もちろんです。僕、今日ここに来てよかったと、心の底から思いました」

と感動に打ち震えながら、健介と固い握手を交わした。男同士の友情が生まれた瞬間だった。

そして、健介に「さあ」と促されるまま、瑞樹は〝それ〟を手に取り――と、その時だ。

「ふたりで何話してんの？　――って、それ、私のアルバムじゃん！　お父さん、なんてもの出してきてんの！」

虫の知らせか、タイミング良く戻ってきた美咲が、瑞樹の手から〝それ〟――自身のアルバムをひったくった。電光石火《でんこうせっか》の早業《はやわざ》である。

加えて、瑞樹が美咲を避《よ》けて別のアルバムを取ろうとすると、即座にガードまでしてきた。まだ中の写真を見られたわけでもないのに、アルバムが出されたという事実だけで余程恥ずかしかったらしい。

「アルバムを見るくらい、いいじゃないですか。美咲さんがどんな子供だったのか、すごく興味あります」

「いくら瑞樹君の頼みでも、これはやだ！　これ見たら、絶交だから！」

抗議する瑞樹に、美咲はアルバムを胸に抱いたまま噛みつくように喚《わめ》く。

どうやらアルバムの登場で相当テンパっているらしい。だが、絶交とか言うのは本気で勘弁してほしい。美咲に悪気はないとわかっていても、結構へこむ。

しかし、アルバムの件については瑞樹も引く気はない。というか、隠されると余計見たくなるのが人間の性《さが》だ。こうなると、是が非でもアルバムを見てやるという妙なやる気まで出てくる。

隣で健介が困ったように微笑む中、瑞樹はにっこりと圧のある笑みを美咲に向けた。

「美咲さん、ちょっと十二月頭に僕の家に来た時のことを思い出してください」

「……記憶にございません」

「じゃあ、思い出させてあげます。美咲さん、僕がお茶を用意している間に押し入れを漁《あさ》って、僕のアルバムを引っ張り出していましたよね」

「あれは……その、偶然見つけただけで……。決して漁ったわけでは……」

瑞樹に過去の所業を追及され、ついでに隣で聞いていた父親から呆れ眼を向けられ、美咲が目に見えて狼狽《うろた》える。

こうなれば、勝ったも同然だ。苦し紛れの言い訳を並べる美咲に、瑞樹は致命《ちめい》の切り返しで応じた。

「でも、嬉々として見ていましたよね。あの時は台所まで美咲さんの奇声が聞こえてきて、何事かと思いましたよ。急いでかけ付けてみれば、鼻歌を歌いながらアルバムめくっているものだから、ずっこけそうになりました」

「そ、そんなに大きな声を出しては……。鼻歌も歌ってなんかいなかった……はず……」

「まあ、鼻歌については置いておきましょう。それよりも美咲さん、もうひとつ思い出してください。美咲さん、書庫の大掃除の時に言ってましたよね。『フェアにいこう』って……。あれは、嘘だったんですか？」

「嘘ってわけでは……。でも、それとこれとは話が別というか……」

「いきましょう、フェアに。アルバムもフェアに」

「……はい」

自分だけ瑞樹のアルバムを見たという罪悪感もあったのだろう。瑞樹に押し切られた美咲が、とうとう折れた。

瑞樹にとっては、美咲との舌戦《ぜっせん》における記念すべき初勝利だ。美咲に見えないように、グッと拳《こぶし》を握る。

すると、美咲がすねた表情で瑞樹を睨んだ。

「見てもいいけど、笑ったら一生口利かないから」

「それを美咲さんが言うのもどうかと思いますが……。でも、すみません。たぶん僕、アルバムを見ている間ずっと笑っていると思います。美咲さんの写真を見て、喜ばずにいられる自信がありません！」

「むがっ……」

瑞樹の本音に、美咲が妙なうめき声を上げながら固まった。強烈なカウンターで、美咲の顔は湯気《ゆげ》を噴きそうなぐらいに真っ赤だ。

そして気が付けば、瑞樹たちの夫婦漫才じみたやり取りに、健介といつの間にか戻ってきていた泉水が笑いをこらえるように肩を震わせていた。

「あなたたち、いつもそんな感じなの？」

「まあ、割とこんな感じです。大抵は、僕の方が美咲さんにやり込められていますが……。美咲さんに口で勝てたのなんて、今日が初めてですよ」

泉水に瑞樹が平然と答えると、彼らは堪えられなくなったのか、とうとう声を上げて笑い始めた。

なんだかうれしくなってしまい、瑞樹もふたりに混ざるように笑い出す。

そして最後に残っていた美咲も、いい加減ひとりで照れていることが馬鹿らしくなったのだろう。瑞樹に続いた。部屋中、四人の笑い声で一杯だ。

ひとしきり笑い合ったあとは、みんなでアルバム鑑賞会という流れになった。写真一枚一枚に美咲の両親が解説を入れ、美咲がそのたびに恥ずかしがって喚く。

そして瑞樹は、宣言通り終始笑顔で美咲の子供時代について色々と教えてもらった。

美咲の両親が、心の奥底で瑞樹のことをどう思っているかはわからない。それでも彼らは、こうして瑞樹を家族の輪の中へ招いてくれた。彼らのその温かさに、瑞樹は今は亡き自分の両親の面影を感じていた。自分の人生の中で、再びこのような時間を持てたことを、瑞樹は心の底からうれしく思った。


美咲のアルバムを見終わり、豪華なおせち料理とお雑煮《ぞうに》までごちそうになった瑞樹は、美咲と一緒に初詣《はつもうで》に繰り出した。

近所の神社は、瑞樹たちと同じ参拝客で一杯だった。

「……美咲さんが、少しでも長く元気でいられますように」

神様に向かって手を合わせ、必死に願う。医者でもない瑞樹にできるのは、もう神頼みくらいだ。自分の無力さが、歯がゆくて仕方ない。

三十分近く並んでお参りを済ませた瑞樹たちは、屋台でクレープを買って家路に就いた。

「こういう風においしいものを食べてばっかだから、正月太りするんだよね」

「それはいいですね。しっかり食べて、病気に負けない体を作りましょう！」

食べ終えたクレープの包みを握り締め、ため息を漏らす美咲に、瑞樹はナイスアイデアだと相槌を打つ。美咲には、もっとたくさん食べてほしい。

「む〜、確かにさ、きちんと食べて体力付けないといけないんだけど……。彼氏からそんな笑顔で『太ってオッケー』みたいなこと言われると、ちょっと複雑……」

ただ、瑞樹の返答は少しばかり不正解だったらしい。美咲が言葉通り納得いかないという顔で唸る。

女心とは、なかなか難しいものだ。瑞樹には、いまだにさっぱりわからない。

「まあ、いいや。寒いし、さっさと瑞樹君の家に行こう」

「ですね。寒さは体に毒です」

他愛《たわい》ない会話をしながら、ふたり並んで道を歩く。

そして、瑞樹の家の玄関先に着いたところで、美咲がふと笑い始めた。

「どうかしましたか？」

「ごめん、何でもないよ」

瑞樹が訊くと、美咲は笑顔のまま首を振った。

「ただね、こうやって歩いていると幸せだな～って思って。そしたら、急に笑えてきちゃった。変だね、私」

「変じゃないですよ。幸せなら、もっとたくさん笑ってください。美咲さんが笑顔だと、僕もうれしいです」

「……うん、ありがとう」

そう言って、美咲が瑞樹の手を握ってくる。その手はやはり不安になるくらい細いものだったが、伝わってくる温もりに瑞樹はホッとした。

そのままふたりで家の中に入る。居間でこたつの電源を入れ、布団の中に足を入れると、温かさでようやく人心地《ひとごこち》つけた。

すると、同じくこたつに入っていた美咲が、瑞樹の服の袖《そで》をちょいちょいと引っ張った。

「ねえ、瑞樹君」

「何ですか？」

「瑞樹君のアルバムが見たい」

「こたつに入って落ち着いたところで、それを言いますか。というか、前に見たじゃないですか」

「うん、見た。でも、見たい。瑞樹君と一緒に」

瑞樹が呆れた調子で言うと、美咲はにっこり笑ってそう返してきた。

笑顔で「一緒に見たい」は、さすがにずるい。そんな風に頼まれたら、彼氏として断れるわけがない。美咲の笑顔に完全敗北した瑞樹はこたつから出て、自分の部屋からアルバムを持ってくる。

アルバムをこたつテーブルの上に置くと、瑞樹と美咲は肩を寄せ合い、ゆっくりとめくり始めた。

父を早くに亡くし、母も仕事が忙しかったため、瑞樹の幼少期から少年期にかけての写真はそれほど多くない。けれど、その一枚一枚を、美咲は愛《いと》おしそうに目元を和らげながらじっくりと見ていく。

「瑞樹君も小さい頃は、ピースとかする素直な可愛い子供だったんだよね～」

「それは暗に、今の僕をひねくれ者だとディスっていますか？」

「あ、この瑞樹君、半目になってる。こっちは特撮ヒーローのポーズしてる。可愛い！」

「わざわざ指ささないでください」

美咲がそれぞれの写真に対してコメントを付けていくので、瑞樹としては恥ずかしいやらこそばゆいやら。午前中の美咲と同じ状態だ。

けれど、瑞樹の口元には常に笑みが浮かんでいる。

それはきっと、隣にいる大切な人が笑顔でいてくれるからだろう。美咲が笑っていてくれるから、瑞樹も笑顔を忘れないでいられるのだ。

「……それに、陽子さんもこの写真の中では元気に笑ってる」

ただ、美咲が不意に放った言葉に、瑞樹はこれまでとは違う雰囲気を感じた。

写真から美咲へと視線を移すと、美咲も瑞樹の方を見つめていた。

「夏にお互いの過去を話した時にさ、瑞樹君言ってたよね。死は大切なものを奪っていくけど、あとに何も残らないわけじゃない。その人が蒔いてきた〝思い〟は、残された人の中に芽吹いているって」

「ええ、言いました。母の思いは、今も僕の中に残っている。僕は、そう信じています」

美咲に問われ、瑞樹は真剣な面持ちで頷く。美咲が、何か大切なことを言おうとしていると感じ取ったからだ。

瑞樹に見つめられた美咲は、「じゃあさ……」と言葉を継いだ。

「私がいなくなった時も、瑞樹君の中には何か残るのかな。私は、瑞樹君に何かを残せるかな」

「美咲さん……」

美咲がいなくなった時のことを思い、瑞樹の表情が曇る。

しかし、美咲が求めているのは、瑞樹の暗い表情ではないのだ。だから瑞樹は胸を張り、自信を持って答える。

「——文化祭の準備をしている時に言われました。『二学期に入ってちょっと変わった』『とっつきやすくなった』と……」

「それって、クラスの人に？」

「はい。どうやら僕は、ボッチから少しだけ成長したみたいです。そして、僕が成長できたのは、美咲さんと出会ったからですよ。美咲さんが、僕をボッチの殻から引っ張り出したんです」

そう。美咲と出会わなければ、クラスメイトからあんな風に言ってもらうことはできなかった。それに——恋を知ることもできなかった。

「何かが残るどころの話じゃありませんよ。美咲さんは、僕を根っこから変えてしまったんですから」

「……そっか。なら、よかった。じゃあ私は、ずっと瑞樹君の中で生きていくんだ」

美咲が安心した顔で瑞樹に寄りかかってくる。

寄りかかられた重さと温かさに美咲の存在を感じ、瑞樹は心が安らいだ。

「そういえばさ……」

美咲の声で、瑞樹の意識が現実に戻される。隣に目を向けてみれば、美咲が窺うように瑞樹を見上げていた。

「私と瑞樹君のふたりで撮った写真って、一枚もないよね」

「言われてみれば……確かにそうですね」

出会ってからの約半年を思い返し、瑞樹がゆっくりと頷く。

瑞樹自身、写真を撮る習慣がないから、まったく気が付かなかった。

「一枚くらい撮ってみようか?」

「……ええ、いいですよ」

美咲の提案に、瑞樹は反対しなかった。

瑞樹としては、写真を残すという行為はなかなかリスクを伴うものだ。

美咲に先立たれたあと、ふたりで撮った写真があることで、より一層悲しみが深まってしまうかもしれない。

でも、それ以上に瑞樹は美咲の望むことすべてを叶えてあげたかった。何より、たとえ悲しむことになっても、美咲と一緒に生きたという証拠を残しておきたかった。

美咲がスマホを取り出して、カメラのアプリを立ち上げる。画面を見ながらふたりで身を寄せ合って、美咲が「はい、チーズ!」とシャッターを切った。

パシャリという電子音がして、画面に撮られた写真が表示される。美咲はスマホを操作して、撮ったばかりの写真をまじまじと見つめた。

そして満面の笑みを瑞樹へ向け、弾んだ声で一言。

「瑞樹君、あんまり写真写り良くないね！　なんか、少し顔色が悪く見える」

美咲が、「ほら！」と瑞樹にスマホの写真を見せてくる。華やかな笑顔の美咲の隣に、陰気《いんき》さ漂う童顔の男が写っていた。

瑞樹がサッと明後日の方を向く。

「……知ってますよ、そんなこと。ほっといてください」

気にしていることをズバッと指摘され、瑞樹はすねた口調でポツリと呟いた。

内向的な性格が反映でもされているのか、年齢を追うごとに写真写りが悪くなっていくのだ。瑞樹の写真が少ない原因は、ここにもある。見ていて、自分でいたたまれないのだ。おかげで、中学生以降の写真は卒業アルバム以外、一枚も残っていない。

すると美咲がクスクス笑いながら、そっと瑞樹の頬に手を添えてきた。

「瑞樹君はね、もっと自分に自信を持つべき。確かに少し童顔気味かもしれないけど、瑞樹君、顔は悪くないんだから。堂々としていれば、きっと写真写りも良くなるよ」

「そんなもんですかね」

「そんなもんです。彼女の言葉を信じなさい。瑞樹君がかっこいいのは、私が一番よくわかっているんだから」

美咲が自信たっぷりに言い切る。

そんな美咲が可愛すぎて、瑞樹はどうにかなりそうだった。小一時間くらい、自分の彼女がいかに可愛いか語り尽くしたい気分である。

と、その時だ。不意に美咲が、寄りかかるだけでなくコトンと頭を瑞樹の肩に載せてきた。

「ねえ、瑞樹君。私さ、最近思うんだよね。『もっと瑞樹君の隣にいたいな』って」

「美咲さん……？」

「瑞樹君と付き合う前は、たとえ一年しか生きられなくても十分だと思ってた。それで十分、やりたいことはやり切れるって……。でも瑞樹君と一緒にいたら、すごく幸せで……もっと瑞樹君の隣にいたいなって思っちゃった」

私、欲張りだよね、と美咲は瑞樹の肩に頭を載せたまま力なく笑う。

「でもさ、欲張りでも何でもいいから、もっと生きていたい。あと少しで死んじゃうなんて、まっぴらごめん。そう思っちゃうのは、悪いことなのかな……」

「……悪いことなんて、あるわけないじゃないですか！　僕だって、同じ気持ちです」

力なく笑う美咲に対し、瑞樹も吐き出すように自分の気持ちをさらす。

感情を露《あら》わにしながら、瑞樹は健介の顔を思い出していた。

健介は、こんな気持ちをも乗り越えて覚悟を固めたのだろう。しかし、今の自分では、美咲がいない世界で生きていく覚悟なんてできない。

美咲とずっと一緒にいたい。いつまでも生きていてほしい。自分を置いていかないでほしい。

感情をさらしてしまったせいか、そんな思いが止め処《ど》なく溢れてくる。

「ねえ、瑞樹君。もうひとつ、お願いしてもいい？」

そんな中、美咲の声が瑞樹の耳を打つ。溢れ出続ける感情の中、美咲の声だけは澄んだ鈴の音のように、瑞樹の心によく響く。

「もちろんです。今度は何ですか？」

「瑞樹君のハーモニカ、聞きたい」

「わかりました。お安い御用です」

そう言って瑞樹は、「ちょっと失礼」と美咲に頭をどかしてもらって立ち上がった。

瑞樹が戻ると、美咲は再び寄りかかってくる。

今日の美咲は、少し甘えん坊な気がする。いつもは自分の方が甘えてしまってばかりだから、瑞樹としても少し新鮮だ。

ともあれ、準備を終えた瑞樹はハーモニカへ息を吹き込み、澄んだ音色を奏で始める。

演奏するのはもちろん、美咲が初めて家に来た日に演奏した曲。父から母へ、そして瑞樹へと受け継がれた、大切なメロディだ。

瑞樹に寄りかかった美咲は、安らかに目を閉じて聞き入っている。

「もう一回聴かせて」

「はい」

瑞樹が演奏を終えると、美咲はすかさずアンコールをリクエストした。頷いた瑞樹は、再び同じ曲を演奏し始める。

静かな家を、再び音色が満たしていく。まるで家そのものが歌っているみたいだ。この家で過ごしてきた瑞樹が奏で続けてきた音を、この家も一緒になって合唱してくれている。そんな風に錯覚してしまう。

瑞樹は美咲に言われるがまま、さらに三度演奏を繰り返した。そのたびに、家が大きな楽器となって、瑞樹をサポートしてくれた。

「……うん、ありがとう、瑞樹君。もういいよ。ちゃんと覚えた。瑞樹君の音も、この家の歌も」

五度の演奏を終えて少し息を上げている瑞樹に、美咲が感謝を伝える。

対して、瑞樹はゆっくりと首を振った。

「気にしないでください。それに、これからだって何度でも演奏します。だから、何度でも聴いてください」

「うん。ありがとう」

瑞樹の言葉に、美咲はうれしそうに笑いながら、もう一度お礼を言う。

その笑顔を見て、瑞樹はさらに堪らない気持ちになってしまった。

自分は、いつまで美咲の隣にいられるのだろうか。自分は、いつまで美咲の笑顔を見ていられるのだろうか。

瑞樹の心中には、これまで以上の不安が募る。

「美咲さん……」

「ん……」

まるで彼女がここにいることを確かめるように、瑞樹は美咲と口づけを交わした。

2

＊　＊　＊

瑞樹は夢を見ていた。

そこは以前も夢に見た病室だ。

瑞樹は今回も、ベッドで横になった誰かと感覚を共有していた。

明かりの消えた部屋で、見えるのは夜闇に浮かぶ天井だけ。天井を見つめながら、瑞樹の中に誰かの思考が流れ込んでくる。

余命を告げられたあの日、もし一歩を踏み出せていたら、今頃自分は何をしていただろうか。きっとまずは旅行へ行っただろう。そして、両親にきちんとお礼を言うのだ。自分の運命と向き合って、その時のために然《しか》るべき準備をしておくのも大切だ。あと、また学校に通いたい。通う学校は決めている。

そして――絶対にあの人に会いに行く。「ありがとう」と伝えるために。

もう叶うことはあり得ない、文字通り夢に見るしかない日々。それを白い天井に思い描きながら、この体の持ち主は一筋《すじ》の涙を流した。

瑞樹はこの名も知らない誰かの夢想にどこか既視感を覚えながら、さらに深い眠りへと落ちていった。

＊＊＊

正月が過ぎると、あっという間に三学期が始まった。

いや、あっという間に三学期の終わりが見えてきてしまった。今年が始まり、もう少しで二か月が経つ。瑞樹の人生で、恐らく最も時が経つのを早く感じた三学期だっただろう。

「瑞樹君、本の修理、終わったよ」

「ありがとうございます。じゃあ、こっちの本と一緒に図書室へ返してきますね」

「うん、お願い」

美咲から修理が終わった本を受け取り、書庫を出る。

図書室へ向かいながら、瑞樹はもう何度目になるかわからないが、元日のことを思い返していた。

『私たちが望むのは、あの子の幸せだ』と言い切った健介の顔。『もっと生きていたい』と訴えてきた美咲の顔。この二か月ほど、あの日のふたりの顔が頭を離れない。

美咲のために、自分はどうすればいいのか。どう覚悟を決めるべきなのか。いまだに答えは出ていない。ただひとつ言えるのは、瑞樹は美咲の死が近いことを、より一層現実のものと意識するようになったということだけだ。

今のところ、美咲の様子は二学期までと変わっていないように見える。けれど、本当に変わっていないのか、瑞樹にはわからない。

だから瑞樹はあの日以来、ただひたすらに、そしてこれまで以上に、今を大事にしようと思いながら日々を過ごしてきた。それが、覚悟もままならない今の自分にできる、唯一のことだから。

終わりが迫っていると意識すると、今この時を美咲と過ごせるありがたみがよくわかる。一日一日を全力で生きていける。世界をより素直な目で見られるようになる。

結果、何でもないはずの一日が眩《まばゆ》い輝きに満ちた時間に変わっていく。瑞樹にとっては、避けられない別れを前にした今こそが、人生において最も充実した時間と言えた。

ただ、充実した生活とは裏腹に、瑞樹の心には焦りも募っていく。日々が充実すればするほど、美咲が先に旅立つという事実が瑞樹の胸により重くのしかかった。

今や瑞樹の世界は、美咲の存在で成り立っていると言ってよい。

その美咲が、隣からなくなってしまったら……。そう考えるだけで、吐き気に襲われる。美咲がいなくなったあとも自分の人生が続いてしまうことが、瑞樹には恐怖なのだ。

「お帰り、瑞樹君。配達、お疲れ様」

「いえいえ。これくらい、どうってことありません」

瑞樹が図書室から戻ると、道具類の片付けを済ませた美咲が迎えてくれた。

ふたり揃って帰り支度を整え、書庫の鍵を返して学校を出る。

美咲を送って家に帰った瑞樹は、自分の部屋の明かりをつけて、リュックサックを下ろした。その時、ふと壁にかけたカレンダーが目に入った。

カレンダーには、たくさんの手書きの×がついている。元日の一件があってからというもの、一日の終わりにカレンダーに×を入れるのが習慣になったのだ。

×を入れる瞬間は、美咲との時間がまたひとつ減ったことを実感し、気を張っていないと体の力が抜けそうになる。それでも、美咲と過ごした日々を確かな形に残すため、どれだけ気が重くなってもこの習慣をやめることはできなかった。

今という瞬間の真の価値を知り、充実して輝く日常。刻一刻と減っていく最愛の人との日々。残り少ない時間を精一杯楽しむ昼の自分と、変えられない運命を嘆く夜の自分。浮き沈みを繰り返して大きく揺れ動く感情の反動から、瑞樹は時にカレンダーの前で涙を零した。

カレンダーの×はどんどん増えていく。

いつの間にか×が二月のカレンダーを埋め尽くしかけており、来週にはもう三月になる。冬も終わりに近づき、春の足音が聞こえてくる季節だ。

「どうか、この×が永遠と積み重なっていきますように……」

カレンダーに記された×を見つめながら、瑞樹は祈った。

三月五日、土曜日。世間的には雛祭《ひなまつ》りが終わった今日この頃、瑞樹の家では――美咲が台所を占拠《せんきょ》して料理に勤しんでいた。

それも、普通の料理ではない。ビーフシチューにグラタン、シーザーサラダ、チョコレートケーキという、豪勢なラインナップである。

なんで美咲がいきなりこんな手の込んだ料理を作り始めたのか。それは、今日が瑞樹の誕生日だからだ。

『今から瑞樹君の誕生日をお祝いするために、ごちそうを作ります。この日のために、お母さんに習って特訓してきました。よって、瑞樹君は台所から出て行ってください。男子厨房《ちゅうぼう》に入らず！』

『その言葉、使いどころを盛大に間違えている気が……。といいますか、それなら僕も手伝いますから、一緒にやりましょうよ』

『ダメ！　瑞樹君は今日の主役なんだから、私がひとりで作るの。瑞樹君は好きなことして待っていて！』

そう言われて台所から追い出されたのが、約二時間前のこと。『ちょっと用事を済ませて、二時くらいに行くね』と午前に電話してきた美咲が、いきなり両手にたくさんの食材を抱えて家に来たものだから、最初は何事かと思った。

「まさかこんな時に誕生日を迎えるなんて……」

ちょっと危なっかしく、しかし楽しそうに調理を続ける美咲を台所の外から見つめながら、瑞樹はふと呟いた。

美咲から誕生日を祝ってもらえることは、もちろんうれしい。

けれど、美咲は昨年の二月、余命として早ければ一年持たないと言われたのだ。

そして、今は三月。ここから先、いつ何があってもおかしくない。それならば、他にやるべきことがあるのではないかとも思えてしまう。

喜ぶべきなのか、焦るべきなのか。瑞樹としても判断に困る状況だ。

ただ――

「お！　いい感じ、いい感じ！　さすが私！」

シチューの味見をして自画自賛《じがじさん》する美咲に、ふと頬が緩んでしまう。

余命のことなんて、美咲自身が一番よくわかっている。その上で、彼女が自ら進んでやりたいと言っていることなのだ。それも、他ならぬ瑞樹のために……。

ならば、彼女の意思を尊重するのが、瑞樹が取るべき選択なのだろう。本当なら美咲ともっと話をしておきたいところだが、必死に我慢した。

しかし、そろそろ我慢が限界なものもある。

「なんか、見ているだけでお腹《なか》が空《す》いてくる……」

台所からはおいしそうなシチューの香りがしていて、瑞樹の腹の虫を刺激した。できることなら今すぐに台所へ忍び込んで、瑞樹も味見したいところだ。

瑞樹がそんな欲求と戦っていると、不意に台所から「よし！　完成！」という弾んだ声が聞こえてきた。

「のぞき魔の瑞樹君、そこで見てたからわかるでしょ。お料理できたよ。少し早いけど、お誕生会始めてもいい？」

台所からひょこっと顔を出した美咲が、にっこり笑いながら訊いてくる。

瑞樹はいたずらが見つかった子供のような顔で頷いた。

「大丈夫ですよ。ずっといい匂いがしていて、もうお腹ペコペコです」

「よろしい！　その言葉に免じて、のぞいていたことは許してあげます。じゃあ、申し訳ないけど運ぶのだけ手伝ってくれる？」

「もちろんです。何でもやりますよ」

「ありがとう」

瑞樹が勢いよく立ち上がると、美咲がうれしそうに微笑んだ。

瑞樹は台所からシチューにグラタン、シーザーサラダ、主食のバケットを次々と運んでいく。その間に美咲は、自分でデコレーションしたケーキにろうそくを立てていた。

居間のテーブルが、美咲の料理で隙間なく埋まる。

ここまで手の込んだ誕生日祝いは、瑞樹にとって初めての経験だ。自分のためだけに作られた料理の数々に、瑞樹は思わず感動してしまった。

「それじゃあ、ろうそくに火をつけるから、私が歌を歌い終わったら吹き消してね」

「そういうのもちゃんとやるんですね」

「当然！　あ、それと歌がへたでも笑わないように。あと、瑞樹君もハーモニカで伴《ばん》奏《そう》して。アカペラはさすがに恥ずかしいから」

「ハーモニカ吹いた直後に、ろうそく十七本の火を吹き消せと申しますか。地味にハードな要求をしてくれますね」

「大丈夫、大丈夫。瑞樹君ならいけるって！」

美咲が拳を握って「ガンバ！」と瑞樹を応援する。

瑞樹がハーモニカを取り出してくると、美咲はろうそくに火をつけて居間の明かりを消した。

「じゃあ、いくよ。さん、はい！」

美咲の号令に合わせて、瑞樹がハーモニカでメロディを奏でる。

そこに美咲が、歌を乗せた。

「ハッピーバースデイ、トゥーユー。ハッピーバースデイ、トゥーユー。ハッピーバースデイ、ディア、瑞樹君。ハッピーバースデイ、トゥーユー！」

ハーモニカの澄んだ旋律と、少しだけ音の外れた美咲の歌声が居間にこだまする。

美咲は歌を歌い切ると、余韻を残す間もなく瑞樹に次の指令を飛ばした。

「よし！　今だよ瑞樹君、火を吹き消して！」

美咲に急《せ》かされ、呼吸を整える間もなく瑞樹はろうそくに息を吹きかける。

ろうそくの火が消えると、部屋が一瞬真っ暗になり、直後に美咲が明かりをつけた。

「瑞樹君、十七歳の誕生日、おめでとう！」

「ありがとうございます」

ひとりで盛大な拍手をする美咲に、瑞樹も照れくさそうな笑みで頭を下げた。

「さてと！　バースデイソングも歌ったし、食べよっか。冷めちゃったらもったいないし」

「そうですね。では――いただきます」

きちんと手を合わせて挨拶し、瑞樹は湯気を立てるシチューへ手を伸ばした。

空きっ腹に温かなシチューが染み渡る。ゴロゴロと大きな具材も食べ応え満点だ。

ソースの味が浸《し》み込んだ牛肉は舌に載せると柔らかくほどけていく。

ひとしきりビーフシチューを味わったところで、今度はグラタンだ。香ばしく焦げ目のついたグラタンにスプーンを差し込めば、中からホワイトソースが溢れ出てくる。

マカロニと一緒に口に運べば、火傷するほど熱い。はふはふと口の中を冷ますようにしながら、グラタンの味を堪能する。シチューとはまた違ったコクのある味わいだ。

料理している姿には少しハラハラしたが、特訓は伊達ではなかったらしい。どちらの料理も、文句なくおいしい。

「そんなにがっついて食べなくても、料理は逃げたりしないよ」

「わかっていても、止められないんです」

クスクス笑う美咲に、瑞樹も自信を持って反論する。

これだけおいしそうな料理が目の前に揃っているのだ。落ち着いて食べろという方が無理な話である。

料理を次々と平らげていきながら、瑞樹は思う。本当に自分は、最高のパートナーと出会うことができた、と……。

もう何度目になるかわからないが、料理を噛み締めながら改めてそう実感した。

料理はあらかた片付き、瑞樹は美咲お手製のケーキを口に運ぶ。チョコレートは甘さ控えめで、瑞樹が好きな加減だ。

「瑞樹君、どう？　スポンジは既製品だけどさ、綺麗にデコレーションできたと思うんだよね。おいしい？」

「そうですね。一言で表すなら……幸せの味がします」

瑞樹が大真面目にありのままの感想を述べると、美咲が虚を突かれたようにポカンとする。

けれど、すぐにおかしくなってきたのか、「なに、それ！」と笑い出した。

「瑞樹君、『幸せの味』って何よ。それ、おいしいの？」

「おいしいを通り越して、天にも昇る心地ということです。今まで食べたどのケーキよりもおいしいです」

「それはさすがにほめすぎだと思うよ。まあ、そこまで喜んでもらえて、私もうれしいけどさ」

あまりのべたぼめに、美咲の方が恥ずかしそうに頬を染める。

と、そこで何かを思い出したのか、美咲が「ちょっと待っててね」と居間をあとにした。

どうしたのかと思って瑞樹が襖《ふすま》を見つめていると、美咲は一分もしないうちに戻ってきた。その手には、小さな手提《てさ》げの紙袋が握られている。

「はい、これ！　誕生日プレゼント」

瑞樹が驚き顔で、美咲から差し出された紙袋を受け取る。

料理だけでなく、プレゼントまで用意してくれていたなんて……。最近めっきり脆《もろ》くなってしまった涙腺《るいせん》が、早くも決壊《けっかい》しそうだ。

「中を見てもいいですか？」

「もちろん」

頷く美咲の前で、瑞樹は袋の中身を取り出した。

出てきたのは、両手に載るサイズの小箱だ。木製で幅広の直方体。金属の鋲《びょう》がアクセントになっているアンティーク調の宝箱のような外見だ。プレゼントとしては、実におしゃれな一品である。

ただ……。

「あの、美咲さん。この箱、開かないのですが……」

瑞樹が戸惑いがちな視線を美咲に向ける。

そう。箱の留め具には、小さいけれど立派な錠前《じょうまえ》が、がっちりとはまっているのだ。

これでは箱の中を見られない。

すると、美咲は当たり前と言わんばかりの顔で首肯《しゅこう》した。

「当然だよ。鍵かけてあるもん」

「ちなみに鍵はくれないんですか？」

「今はまだ、ね」

美咲の含みを持たせた言葉に、瑞樹が思わず息を呑む。

今はまだ。その言葉が意味するところは、現状においてひとつしかないだろう。

この箱の中身は——美咲の形見となるものだ。

「美咲さん」

気が付けば、瑞樹は美咲のことを抱き締めていた。

美咲の存在を――今ここに生きているという事実を確かめたくて、体一杯に彼女の温かさを感じ取る。

「瑞樹君は、本当に甘えん坊だね。そんなんじゃあ、私がいなくなってから大変だよ」

「今日は僕の誕生日です。ひとつくらい、わがままを許してください」

「……うん」

美咲の手が、瑞樹の頭を優しくなでる。その感触に、瑞樹は心から安らぎを感じていた。

このまま時が止まってしまえばいいのに。瑞樹が心の中で、そう願う。

しかし、無情にも時間は刻一刻と過ぎていく。美咲の中の砂時計は、命という名の砂を容赦《ようしゃ》なく落としていっているだろう。

美咲がいなくならないようにと、瑞樹はより強く彼女を抱き締めた。

誕生会が終わると、瑞樹は美咲と共に家を出た。もう外は真っ暗だから、美咲を送っていくのだ。

三月になったとはいえ、夜の外気は身が凍りそうなほど冷えている。十分に着込んで出てきたが、それでも冷気が肌を刺した。

だが、都会ほど光源がないため、星がよく見える。ふたりは手をつないで歩きながら、夜空を見上げた。

「すごい！　空一面に宝石を埋め込んだみたい」

「おお！　美咲さんが、珍しく乙女っぽいことを……。星空って、すごいですね」

「……瑞樹君、もしかして喧嘩《けんか》売ってる？」

「すみません、冗談です。目を輝かせる美咲さんが可愛くて、少しからかいたくなってしまいました」

漫才のようなやり取りを終えたあと、ふたりで近くの公園のベンチに腰を落ち着けた。そして、静かに夜空を見上げる。

冬の澄んだ空にきらめく星々は時間と共に少しずつ輝き方が変わっていくみたいで、ずっと眺めていても飽きが来ない。ふたりとも無言のまま、しばし大自然が生み出した天然の芸術に心を委《ゆだ》ねる。

大好きな人の手を握ったまま、星空を眺める。なんと贅沢《ぜいたく》な時間だろう、と瑞樹は思った。

この人と出会い、好きになり、想いを伝えた先として今がある。少しでもどこかの歯車《はぐるま》が狂っていたら、こんなにも幸せな今はなかっただろう。そう考えると、今こうしていられること自体が大きな奇跡であると実感できる。

そんなことを考えていたら、瑞樹はふと、小説か何かで【あなたと出会うために生まれてきた】的なことを言っていたキャラクターがいたな、と思い出した。

正直に言って、瑞樹はこういったセリフを、少し否定的な目で見ていた。そんなのあり得ないのに、と苦笑していた。

誰かと出会うための人生だなんて、そんなの単に出会ったという結果を美化しているだけだ。自分の人生が何のためにあったかなんて、それこそ死ぬ瞬間にでもなってみなければわからない。人生という名の道の途中で、その先に何があるのかわからないのに、道を歩いている意味を見出すことなんてできないだろう。

たとえその相手と別れたとしても、このキャラクターは普通にその後の人生を歩んでいくに違いない。そして、また別の誰かと恋に落ちるのだ。要するに、自分の人生が誰かの人生と交差して並び歩くことがあっても、交差点そのものが自分の人生のゴールになるなんてあり得ない。

そんな風に思っていた。

けれど、今ならそのキャラクターの気持ちを少しは理解できるようになったと思う。

もちろん今も、自分の人生が美咲と出会うためだけにあったとは思っていない。

それでも、美咲と出会って恋をしたことが、自分の人生の目的になってもいいと思える。美咲と出会うために生まれてきたのではなく、美咲と出会って恋をしたという事実が、結果として瑞樹の人生の中で一番になったということだ。

自分にそんな感情をプレゼントしてくれた美咲に、心から感謝したい。

と、その時だ。美咲が空を見上げたまま、口を開いた。

「瑞樹君」

「はい」

「最後に瑞樹君の誕生日をお祝いできて、本当によかった。私、今日のことは忘れない。――ううん、今日だけじゃない。瑞樹君と出会ってから今日までの思い出、絶対忘れない」

「最後だなんて……そんな縁起《えんぎ》でもないこと、言わないでください。それに、僕は美咲さんに誕生日を祝ってもらいたいです。美咲さんの誕生日もお祝いしたいです。だから、最後なんて言わないでください」

祈るような気持ちで、瑞樹は言う。来年も再来年も、
最後なんて言葉、美咲の口から聞きたくなかった。だって、先程のプレゼントと合わせて、これではまるで遺言《ゆいごん》のようだから。

しかし、美咲は困ったように笑うのみだ。

瑞樹の手を離した美咲は、ベンチから立ち上がって、二歩、三歩と歩いていく。

「待ってください、美咲さん！」

慌てて後を追い、美咲を後ろから抱き締める。そうしなければ、このまま美咲がいなくなってしまうような気がしたのだ。

「どこにも行かないでください。僕の前から、いなくならないでください」

「……ごめん、それは無理だよ。瑞樹君も知ってるでしょ？」

必死に言い募る瑞樹に、美咲は駄々っ子をあやすような口調で応じる。

美咲はそのまま瑞樹の腕をほどき、くるりと振り向く。そして、上目遣いに瑞樹を見つめ、ふわりと微笑んだ。

「でも……そうだね。——うん、わかった！　じゃあ、約束。たとえどんな形になっても、必ず来年も瑞樹君の誕生日をお祝いする。だから、そんな悲しい顔しないで」

美咲はそっと背伸びをして、瑞樹と唇を重ねる。まるで、これが約束の証しとでもいうように。

ただ、瑞樹にはこのキスが、美咲からの最後の贈り物のように思えて仕方なかった。

3

＊＊＊

瑞樹は夢を見ていた。

場所は病室で、季節は冬。

これまでと同じく誰かと感覚を共有した瑞樹は――激しい胸の痛みに襲われていた。今までの人生で経験したことがないほどの耐え難《がた》い痛み。数秒置きに意識が飛びそうになる。

そんな苦痛に耐える瑞樹の頭に、誰かの後悔に満ちた思念《しねん》が流れてくる。

自分は選択を間違えた。

最期を告げられたあの日、自分はきちんと選ばなければならなかった。

そうすれば、この結末は変えられなくても、ここに至る過程は変えられたかもしれない。「ありがとう」を、あの人に伝えられたかもしれない。

そうしたら、きっと今の自分のように後悔を残すことなく、この時を心穏やかに迎えられただろうに……。

瑞樹の脳裏《のうり》に溢れる、悔やんでも悔やみ切れないという思い。運命を受け入れた振りをして、早々にすべてを諦めたことを、この誰かは心の底から悔いていた。

だからこそ、この誰かは後悔の中で願っているのだ。

叶うのならもう一度、あの日からやり直すことができたら、と——。

胸の痛みに苦しむ中、その願いだけが瑞樹の頭の中で反響し続けていた。

＊＊＊

電話がかかってきたのは、瑞樹の誕生日の翌日、日曜日の昼前だった。

スマホの画面に表示された名前は——藤枝健介。美咲の父の名前だ。正月に美咲の家を訪ねた際、一応、連絡先を交換していたのだ。

瑞樹はその名前を見た瞬間、何かが壊れ始めたような悪寒《おかん》を感じた。

震える指で通話ボタンを押すと、電話越しに健介の声が聞こえてくる。

正直なところ、自分が何をしゃべったか、健介が何を言っていたか、ほとんど覚えていない。覚えているのは病院の名前と——

『今朝、美咲が倒れた』

という一言だけだ。

電話を切った瑞樹は、取るものも取りあえずに家から飛び出した。自転車にまたがり、猛スピードで道を突っ切る。

自転車のペダルを回す瑞樹の頭にあったのは、二年前のあの日のこと。

あの日——母が亡くなった日、自分は間に合わなかった。

温かさを失っていく母の手の感触が蘇ってくる。

また、あの日のように間に合わないのか。自分はまた、同じことを繰り返してしまうのか。

涙を滲ませながら、瑞樹は病院にかけ込んだ。

美咲が運ばれたのは、一年前まで彼女が入院していた病院。瑞樹にとっても、母が入院していた頃に通い詰めた、勝手知ったる場所だ。

エントランスを突っ切って階段をかけ上がり、健介から電話で聞いた七階を目指す。

息を切らせながら七階に辿《たど》り着いた瑞樹は、ロビーに飛び出した。

「——瑞樹君」

ロビーで瑞樹を待っていたのは、健介だ。肩で息をする瑞樹を見た彼は、硬い表情のまま歩み寄ってくる。

「美咲さんは……美咲さんは、無事なんですか！」

つかみかからんばかりの勢いで、瑞樹は健介に詰め寄る。

健介は、「落ち着きなさい」と瑞樹をなだめ、踵《きびす》を返した。

「とりあえず行こう。こっちだ」

そう言って、健介は瑞樹を先導するように歩き出す。

連れて行かれたのは——集中治療室の区画の前だった。

区画の前に看護師が待っていて、瑞樹は健介と共に、入室するための準備をする部屋へ通された。その際に看護師から聞かされたが、美咲の両親の強い希望ということで、瑞樹も入室を許可されたらしい。

看護師の指示に従って念入りな準備を行い、チェックを受け、瑞樹たちは集中治療室の区画に入る。

美咲は、区画内の一室で静かに眠っていた。

瑞樹はベッド脇《わき》に立って、眠り続ける美咲を見下ろす。

「ひとまず小康《しょうこう》状態となったが、もう目を覚ますかわからないそうだ。医者からは、『覚悟をするように』と言われている。妻も憔悴《しょうすい》してしまってね。今は休憩室で休んでいる」

瑞樹の隣に立った健介が、淡々と告げた。

それを瑞樹も、黙ったまま聞き続ける。

もう目を覚ますかわからない。覚悟するように。

耳から聞こえているのに、その言葉がまったく頭に入ってこない。まるで脳が理解することを拒んでいるようだ。

いや、事実、受け入れるのを拒んでいるのだろう。

だって、その言葉を受け入れてしまったら、この場で泣き崩れてしまうだろうから……。

面会は十分ほどで終わり、瑞樹は健介と一緒に集中治療室の区画をあとにした。

「私は、妻の様子を見てくる。君は、どうするかね」

「……ここで、少し休んでいます」

ロビーに戻ってきたところで健介に聞かれ、瑞樹は虚《うつ》ろな表情のまま答える。

健介が去り、ひとりになった瑞樹は、崩れるようにロビーの待合用の椅子に腰掛けた。

昨日、誕生日を祝ってもらったことが、なんだか遠い昔の出来事のように思えてくる。

「美咲さん……。美咲さん……」

肩を震わせて涙を零しながら、何度も美咲の名前を呼び続ける。

美咲の両親が戻ってきてからも、瑞樹はじっと椅子に座ったまま、美咲が目覚めることを願い続けた。

しかし――結局この日、美咲が目を覚ますことはないまま、瑞樹は面会時刻終了で家に帰されることとなった。

「あの……明日も朝から来ていいですか？　今日みたいに姿を見られなくてもいいん

です。明後日《しあさって》も明々後日も、美咲さんが目を覚ますまでずっと……」

帰り際、瑞樹は見送りに来てくれた健介に、すがるような気持ちで尋ねた。

少しでも長く、美咲と一緒にいたいから。彼女が目を覚ますことを信じて、傍で待ち続けたいから――。

だが、健介は、瑞樹の願いに対して首を横に振った。

「瑞樹君、気持ちはわかる。だけどね、そのために自分の生活を蔑《ないがし》ろにしてはいけない。君は、きちんと学校へ行きなさい」

「でも、もしその間に何かあったら――」

瑞樹の脳裏にちらつくのは、またも二年前のこと。

母は、自分が学校へ行っている間に、遠くへ逝ってしまった。だから、もしかしたら美咲も……。

トラウマにも似たそんな不安が募り、瑞樹は健介に食い下がる。

しかし、健介は厳しい表情のまま、もう一度首を横に振った。

「すまない、瑞樹君。だが、しばらく家族だけにしてくれないか。何かあれば、必ず連絡をするから」

「――っ。………」

健介の言葉に、瑞樹は何かを言おうと口を開きかけるも、声を発する前に力なくうなだれた。

家族だけにしてくれないか。

目の前にいるこの人からそれを言われたら、瑞樹は従わざるを得ない。

だって瑞樹はこれまで、この人たちが美咲と過ごす時間を奪い続けてきたのだから。

「……わかりました。すみません、聞き分けのないことを言って……」

「こちらこそ、君の気持ちを汲《く》んであげられなくて、本当にすまない」

厳しい表情のままの健介へ「では……」と頭を下げ、瑞樹は病院をあとにした。

自転車に乗る力も出ず、瑞樹は暗い夜道をとぼとぼと歩く。

頭に浮かぶのは、病院で眠り続ける美咲の顔、そして厳しい目で瑞樹を見ていた健介の顔だ。

健介からお見舞いを禁止されたことについて、瑞樹に怒りはない。

美咲の闘病《とうびょう》がいつまでになるかわからない中、瑞樹が学校に行かず毎日病院へ通ったらどうなるか。場合によっては、瑞樹の将来に何らかの影響を及ぼすことになるかもしれない。

健介は瑞樹の将来を守るため、憎まれ役を買って出てくれたのだ。

それはわかっている。集中治療室のことも含め、娘の彼氏というだけの他人である自分をそこまで気遣ってくれたことにも、感謝している。

ただ……それでもやはり、瑞樹は美咲の傍にいたかった。想像もできない将来よりも、今この時にしかできない美咲との時間を大切にしたかった。

たとえそれが愚《おろ》かな選択だったとしても、その道を選びたかった。

「母さん……。美咲さん……」

母の笑顔と美咲の笑顔が、並んで浮かんでくる。

母の時と同じ。自分は、またこうやって大切な人を失うのだろうか。最期を看取ることもできず、ただ〝死〟という結果を前に涙するのだろうか。

夜空に浮かぶ星々を見上げ、瑞樹は自分の無力さを嘆いた。


それからの日々は、瑞樹にとって無味《むみ》乾燥な日々だった。健介との約束なので学校に行くが、授業は上《うわ》の空で美咲のことばかり考えている。

美咲が倒れてから五日。今日も教室は平和だ。彼女がいなくなっても、何ら変わることなく、平穏な日常が繰り返されている。

そして色褪《あ》せた日々の中で、この平穏さそのものに、瑞樹は小さくない苛立ちを感じ始めていた。

美咲がしばらく休むということだけは、月曜日の朝のホームルームで担任から連絡があった。最初はクラス内でも動揺があったが、五日経った今ではクラスメイトも担任も、いつも通り。美咲がいない日常を、普通に受け入れているように見える。

これではまるで、美咲がこの世界に必要ないみたいではないか。

今のクラスの雰囲気に、瑞樹はそう考えずにはいられなかった。

もちろん、これが被害妄想の類《たぐい》であることは、瑞樹だってわかっている。

みんな、きっと心の中では美咲を心配しているだろう。瑞樹と違い、美咲はクラスの人気者だったのだから。

そんなことは理解している。

しかし、不安で押し潰されそうな心を守るためには、より強い感情で心を満たすしかなかったのだ。

放課後になり、瑞樹は早々に学校をあとにした。

今週は一回も書庫へ行っていない。とてもじゃないが、図書委員の仕事をする気にはなれなかったから。司書教諭からは「たまには休むのも大事だ」と歓迎されたから、問題ないだろう。

しかし、これまでずっと下校時間近くまで書庫にいる生活だったから、家に帰ってきても、時間を持て余す。とりあえず来週の英語の予習でもしておこうかと、瑞樹は教科書とノートをリュックサックから取り出して、机に置いた。

その時、制服のポケットに入れっぱなしだったスマホが、急に鳴り出した。

慌てて取り出してみると、電話の呼び出しのようだ。

相手は——美咲の父、健介だった。

「……もしもし」

『もしもし、瑞樹君かな？　美咲の父です。今は、電話をして大丈夫かな？』

「はい、もう家に帰ってきましたので。美咲さんに……何かあったんですか？」

健介が電話をかけてくる用事なんて、美咲に関わることしかない。

問題は、それが良い知らせか、それとも悪い知らせか。

固唾《かたず》を呑んで、健介の言葉を待つ。

『……二時間ほど前、美咲が目を覚ました』

「——ッ！　本当ですか!?」

告げられたのは——言葉少なくはあるが、良い知らせだった。

瑞樹の確認に、健介は『本当だ』と、これまた言葉短く肯定する。

二度と目覚めないかもしれないと医者から言われていた中、美咲は目を覚ました。

正に奇跡だ。思わず目に涙が浮かぶ。

『今も、意識がある状態だ。急な話で申し訳ないが、今から病院に来てもらうことはできるかな。美咲が……どうしても君に会いたいと言ってね』

「もちろんです！　すぐに行きます」

健介にそう告げて電話を切り、瑞樹は急いで身支度を整え、家を出た。

日曜日と同じく自転車を全力で漕《こ》ぎ、病院を目指す。しかし、心の中は日曜日と真逆だ。

病院に着けば、美咲が待っていてくれる。また、美咲と話すことができる。

恐怖と焦りから来る力ではなく、喜びの力で、瑞樹は必死にペダルを回した。

病院に到着すると、エントランスを突っ切り、タイミング良く来たエレベーターに乗って美咲が入院している七階を目指す。

エレベーターを降りてロビーに出ると、そこには日曜日と同じく健介と、今回は美咲の母である泉水も待っていた。

「ずっと待っていてくださったんですか？　ありがとうございます」

美咲の両親にかけ寄り、瑞樹は明るく軽い調子で声をかける。美咲が目を覚ましたという喜びが、声と態度に出ていた。

「……いや、気にしないでくれ」

そんな瑞樹に対して、健介は疲れ切った顔に硬い笑みを浮かべて応じる。

彼の隣では、泉水も沈んだ様子で顔を伏せていた。

「ええと……。あ、あの……美咲さんは、目を覚ましたんですよね？」

「ああ。美咲は目を覚ました。それは嘘じゃない。ただ……」

瑞樹が戸惑いながら問うと、健介は改めて肯定したが、何かを言い淀《よど》む。

思えば、電話を受けた時から彼の様子はおかしかった。そして今も、目の前にいるふたりからは、美咲が目を覚ましたことへの安堵《あんど》と喜びが感じられない。

だから瑞樹も……ようやく自分の勘違いに気が付いた。

美咲は峠《とうげ》を越したのではなく、最後の力を振り絞って目を覚ましたのだと。美咲の両親は最期の別れをさせるために、瑞樹を急いで呼んだのだと――。

「時間がない。瑞樹君、こちらへ」

健介に促され、三人で集中治療室の区画へと向かう。

前回と同様、看護師の指示に従って準備を整え、瑞樹は美咲の両親と共に区画へ足を踏み入れる。

そして美咲がいる部屋の前に着いたところで、健介が瑞樹の肩に手を置いた。

「娘を嫁に出すというのは、こんな気分なのだろうね。……あとは頼むよ」

健介の言葉が、清潔な廊下に響いて消える。

あとは頼む。

その言葉が示す意味はひとつしかない。美咲の両親は、美咲を見送る役目を瑞樹に託そうとしているのだ。恐らくは、美咲の願いで……。

断ることもできるだろう。そんな役割、自分には果たせないと。

しかし、瑞樹は――

「――はい」

ただ一言、返事をして頷いた。

逃げることはしない。最期の時まで一緒にいたいと美咲に願ったのは――今でもそう思い続けているのは、自分だから。

瑞樹がまっすぐ返答すると、健介も納得した様子で手をどけた。そして、瑞樹に対して道を譲る。

美咲の両親に見送られながら、瑞樹は閉ざされた扉を開け、美咲の部屋へと入った。

部屋の中は――前回来た時と同じく静かだった。

聞こえてくるのは、機械が発する電子音だけ。

美咲は、ベッドの中で横たわったまま、目だけを開いていた。五日前と比べても、明らかに痩せている。きっと、体を起こす力も残っていないのだろう。

しかし、瑞樹が入ってきたことに気付くと、美咲は首だけを動かしてにっこりと笑った。

「……やっほー、瑞樹君。五日ぶり」

「はい。ずいぶんな寝坊でしたね、美咲さん」

美咲に微笑み返しながら返事をし、瑞樹はベッド脇の椅子に座る。

すると、美咲が布団の下から手を差し出してきた。

すっかり痩せ細ってしまった小さな手。瑞樹はその手を包み込むように、自身の両手で握った。

「ごめん、瑞樹君。やっぱり私の体、もう限界だったみたい。本当にごめんね」

「謝らないでください。そんなの、美咲さんらしくないですよ」

何度も謝ってくる美咲に、瑞樹は悲しみを押し殺して笑う。

それに、謝るべきは美咲じゃない。むしろ自分の方だと、瑞樹は思う。

美咲の病気が、いきなりここまで悪化するとは思えない。つまり美咲は、ずっと我慢してくれていたのだろう。瑞樹を心配させないよう、歯を食いしばって病気の苦しみに耐えてくれていたのだと思う。

それなのに自分は、そんな美咲の努力に気付くことさえできなかった。自分の内から湧いてくる恐怖と戦うことに必死で、目の前にいる美咲をきちんと見ていることができなかった。

本当に、彼氏失格だ。自分が情けなくて仕方ない。

そうやって瑞樹が自分の不出来を嘆いていると、不意に美咲が天井を見上げ、「私らしく、か……」と呟いた。

「ねえ、瑞樹君。私は……何のために生まれてきたのかな？」

天井に向けていた視線をまっすぐ瑞樹に向け直し、美咲はひとつの問いを投げかける。

「……何で私の人生は、ここで終わらなくちゃいけないのかな。何で私だけ、病気なんてどうしようもないハンデを背負わされなくちゃいけなかったのかな。別に私でなくてもいいじゃん。何で私の人生だけ、滅茶苦茶《めちゃくちゃ》にされなきゃいけなかったの？　入院して、長い間友達もできないで、俯いているだけの真っ暗な人生で……。みんな、健康なのが当たり前な顔してのうのうと生きてるのに、何で私だけこんな目に遭《あ》わなきゃいけなかったのかな」

それは、美咲が十八年近い人生で抱え込んできた思いだ。彼女が内に秘め、しかし周りを気遣って明かすことのできなかった本心。それを今、すべて吐き出しているのだ。

「私さ、ずっと思ってた。私は、病気で長く生きられないのが決まっている。だったら、私が生きている意味って何だろうって……。――ねえ、瑞樹君。私は、一体何のために生まれてきたのかな？」

誰よりも周りを気遣ってきた彼女だから、誰にも訊けなかったこと。それを今、彼女は最愛のパートナーに生まれて初めて問いかけた。

それがわかるから、瑞樹も自分の不甲斐なさを嘆くことをやめ、ただ真摯にその問いと向き合い——答える。

「そうですね……。——美咲さんに限らず、誰の人生にも、基本的に意味なんてないんじゃないかなって、僕は思います」

美咲の質問に対して瑞樹が出した回答は、実に救いのないものだった。

それを聞いた美咲は、「あはは」と力なく笑い出した。

「そこは、『僕に出会うため』くらい言おうよ。彼氏だったらさ」

「無理ですよ。美咲さんに嘘をつきたくはないですから」

「世の中には優しい嘘もあるって、知ってる？」

「優しい嘘って、大抵は言う側にとって優しいものですよね。言いにくい真実を隠すために使うものですし」

「まあ、否定はしないけどさ。死を目前に控えた人に言うことないよね、それ」

本当にこの彼氏は……、と美咲は仕方なさそうに苦笑した。

対する瑞樹は、穏やかに微笑みながら美咲の問いへの回答を続ける。

「まあ、優しい嘘は横に置いておくとして、生まれてきたことや生きていることに基本意味なんてないですよ。だからみんな、『自分の人生には意味があった！』って納得できる言い訳を見つけようと、必死こいて足掻《あが》いているんじゃないですかね」

瑞樹では、美咲の問いへの〝答え〟を示すことはできない。

だから、これはあくまで瑞樹の〝回答〟だ。本当の〝答え〟を出すための、判断材料のひとつ――。


「なので、美咲さんが自分の生きている意味を知りたいのなら……必死こいて自分に言い訳してください。それがきっと、美咲さんだけの生きている意味です」

「手厳しいね、瑞樹君は。じゃあ参考までに、瑞樹君は自分に対してどんな言い訳をしているのかな？」

「そうですね……」

美咲からの切り返しに、病室の白い壁を見つめながら、考えてみる。

ただ、すぐに困った顔で微笑みながら、視線を美咲に戻した。

「すみません。偉そうなこと言って、正直、僕もまだ言い訳がないです。でも、僕の中には大切な人たち――父や母、美咲さんが残してくれたものが詰まっていますから……。それを大事に守って生きていければ、たぶん納得できるんじゃないかなって思います」

締まらないことを謝りながら、瑞樹はひとまず自分の〝答えもどき〟を示す。

すると、瑞樹の〝答えもどき〟を聞いた美咲は、目を丸くした。

「私が残したものを、大事に……？」

「ええ。美咲さんとの思い出も、美咲さんが教えてくれた人生の楽しみ方も、何もかも大切ですから」

「……瑞樹君はさ、私と出会えてうれしかった？」

「人生も自分の価値観も、何もかもが変わってしまうくらいには」

「私と一緒にいられて、幸せだった？」

「幸せって言葉の意味が、ようやくわかってきたくらいですよ」

重ねられる美咲の問いに、瑞樹はスラスラと答えていく。

だって、悩む必要のないことだから。瑞樹にとって美咲と過ごしてきた時間は、かけがえのないものだったのだから。

「……そっか。そうなんだ。――よかった」

そんな瑞樹の迷いない答えに、美咲もようやく微笑んだ。その表情は、瑞樹の見間違いでなければ、安心したような、何より救われたようなものに見えた。

「ありがとう、瑞樹君。私の答え、見つかった。私の人生に……あの日の選択をやり直せたことに、ちゃんと意味と価値があったってわかった」

「え……？」

美咲の不思議な発言に、瑞樹は思わず首を傾げる。

しかし、美咲は気付いた様子もなく、またも天井を見上げながら「でも、残念」と口を開いた。

「ウェディングドレス、着てみたかったな。綺麗な教会で結婚式するの。あ、でも、神社で白無垢《しろむく》の方がいいのかな」

「僕も美咲さんの花嫁姿、見てみたいです。ウェディングドレスも、白無垢も。きっと、どちらもすごく綺麗ですよ。僕が保証します」

「子供もほしかった。私の希望としては、男の子と女の子ひとりずつかな。瑞樹君はどう？」

「僕は、別に美咲さんとふたりきりでもいいですよ。美咲さんがいてくれれば、それだけで……。子供、苦手ですし。懐いてもらえない気がしますし」

「そんなこと言って、実際に子供ができたら、瑞樹君は絶対子煩悩《ぼんのう》になると思うな。高性能なビデオカメラとか買ってきて、私に呆れられながら子供の成長記録を付け始めると思う」

「そんなもんですかね」

「そんなもんです。瑞樹君は、家族を大切にできる人だから。きっと仲良しな家族になるよ。それでね、みんなで色んなところへ旅行に行くの。瑞樹君、写真が少ないって言っていたけど、どんどん増えちゃうだろうね。『写真写りが悪いから』なんて言い訳しても、逃がさないよ」

「それは、喜ぶべきなのか、それとも嘆くべきなのか……」

それは、あり得たかもしれない光景。しかし、絶対にやってくることがないと決まっている未来絵図だ。それをわかっていながら、美咲は楽しげに自らが思い描く〝これから〟を瑞樹に語る。

瑞樹も、美咲が語る〝これから〟へ丁寧に相槌を打っていく。

「娘が大きくなってきたら、瑞樹君は煙《けむ》たがられるの。息子からも、ちょっと距離を置かれたりして。子煩悩な瑞樹君は、夜な夜なむせび泣く日々を送るんだよ」

「それ、ひどくないですか？　僕だけ楽しくないですよ、その未来予想図」

「大丈夫。ちゃんと私が瑞樹君を慰めてあげるから」

「あ、それだったら心配ないですね」

ふたりで、声を出して笑う。

「でもね、子供たちが思春期を越えて大人になったら、また仲良し家族に戻るの。で、子供たちが恋人を連れてくるんだよ。『紹介したい人がいる』って」

「それは、こっちも緊張するでしょうね」

「娘がお嫁さんに行く時なんて、瑞樹君はきっとみっともないくらいに大号泣《ごうきゅう》すると思うな。それで、私が『仕方ないお父さんね』って慰めるんだよ」

「否定できないところが悲しいですね。その時はお世話になります」

「任せておきなさい」

来ることがないとわかっていつつも瑞樹が頼むと、美咲も得意げな口調で引き受ける。

その時だ。突然、美咲の指から力が抜けた。

「——ッ！　美咲……さん……？」

「大丈夫だよ……。まだ、大丈夫……。ちょっと、眠たくなってきただけ……」

美咲の手を両手でしっかり握り直し、瑞樹が恐々《こわごわ》呼びかけると、彼女は弱々しい声で返事をした。

「ごめんね、瑞樹君……。もう、本当に体動かないや……」

「……嫌です。いなくならないでください。僕をひとりにしないでください！」

言うまいと思っていた。でも、いざその瞬間になったら、理性なんて吹っ飛んで言葉が口から溢れ出ていた。それだけじゃない。失いたくないという思いから、より強く美咲の手を握り締める。

こんなことを言っても、美咲を困らせるだけ。そんなことはわかっている。

気が付けば、瑞樹の声は震えていた。目からは涙が零れ落ち、頬を濡らしていく。

瑞樹の顔は、あっという間に涙と鼻水でグシャグシャだ。

そんな瑞樹に、美咲は最後の力を振り絞って笑顔を向ける。

「本当に……ごめんね……。瑞樹君をひとりにしちゃう……ダメな彼女で……」

「そんなことない！　そんなことないですから！」

「瑞樹君と出会えて……私も幸せだった……。最期まで瑞樹君の隣にいられて……本当にうれしかった……」

「ダメです、美咲さん！　もっと話を。話をしてください！」

「こんな私を愛してくれて……ありがと……」

ありがとう、と言い切る前に美咲の声は途切れた。そして、美咲の目が閉じられ、その体からすべての力が抜ける。

「美咲……さん……？」

呼びかけて体を揺するも、美咲はピクリとも反応しない。「冗談だよ」と、いつもみたいにからかってくれない。「瑞樹君」と、あの優しい声で呼びかけてもくれない。

すでに美咲の呼吸はなく、胸に耳を当てても心音は聞こえなかった。

「み……さき……さん……」

眠るように逝った美咲の亡骸《なきがら》を、瑞樹は抱き寄せる。その体は、まだ温かい。死んでいるなんて、信じられない。

けれど、もう美咲の目が開かれることはない。声が発せられることもない。瑞樹の手を握り返してくれることもないのだ。

「う……ぁっ！　あっ……！」

事実を頭が受け入れ、理性が感情の波に呑み込まれていく。

美咲の体を力一杯抱き締めた瑞樹は、まるで獣《けもの》のように慟哭《どうこく》し、喉が張り裂けんばかりに泣き叫んだ――。

4

数日後、美咲の葬式はしめやかに執《と》り行われた。

瑞樹は通夜と葬式の両方に参列したが、正直なところ、美咲が亡くなって泣き叫んでからの記憶があいまいだった。気が付いたら通夜が行われていて、そして今、葬式が終わりを迎えようとしている。そんな感覚だ。

葬式に参列した人々は、美咲の早すぎる死を悼み、みんな泣いている。

けれど、その中にあって瑞樹の目だけが乾いていた。涙ひとつ零れない。もう零せるものが、瑞樹の中には何ひとつ残っていなかったから。

「――瑞樹君」

健介に呼ばれたのは、葬式が終わった直後のことだ。

虚《うつ》ろな瞳で顔を向けると、そこにはやつれた健介が立っていた。彼の斜め後ろには、泉水もいる。ふたりとも、娘の死を前にして憔悴し切っている様子だ。

ただ、瑞樹の心は、そんなふたりと相対しても、相変わらず反応を示さない。能面のような顔で、虚ろな瞳にふたりを映すのみだ。

そんな人形さながらの瑞樹に向かって、ふたりは深々と頭を下げた。

「最期まで美咲の傍にいてくれて、ありがとう。それと、美咲を看取るという役目を君に背負わせてしまって、すまなかった」

健介が、瑞樹に向かって感謝と謝罪の言葉を告げる。そこには、瑞樹に対する思いやりが溢れていた。

本当は、瑞樹を気遣う余裕なんてないだろうに。最期の時まで、娘と一緒にいたかっただろうに。それでも彼は、第一に瑞樹のことを案じてくれたのだ。

瞬間、何も感じられなくなっていたはずの瑞樹の心に、わずかな疼きが生まれた。

「医者が言っていたよ。美咲は苦しむことなく逝けたのだろう、とね。あの子が最期まで安らかにいられたのは、隣に君の存在があったからだ。美咲の安らぎになってくれて、ありがとう」

ありがとう。重ねられたその言葉が、瑞樹の中で重く響く。心の中に生まれた疼きが、耐えがたい軋《きし》みへと変わっていく。

「そんなこと、言わないでください……」

気が付けば、瑞樹はその場で崩れるように膝《ひざ》をついていた。地べたの砂利《じゃり》をつかみながら、肩を震わせ、涙していた。

そして、数日ぶりに取り戻した感情を爆発させ、瑞樹は叫んだ。

「僕がいなければ、美咲さんはもっと長生きできたかもしれないのに。それなのに、感謝なんてしないでください。僕さえいなければ……」

そう、自分は感謝されていい人間なんかじゃない。

いっそのこと、罵《のの》られた方がマシだった。

娘が死んだのは、お前のせいだ。お前さえ現れなければ――。

そうやって罵倒《ばとう》してくれたら、どれだけ心が楽になっただろう。そうしたら自分は、今すぐ何のためらいもなくこの命で償《つぐな》えていただろう。

けれど、美咲の両親はそれを許してくれなかった。

いや、それだけじゃない。彼女の父は泣き叫ぶ瑞樹の肩に手を置き、慰めるように頷いてみせた。

「君が、それだけ美咲のことを想ってくれていた。それだけで、私たちは十分だ。感謝してもし切れない。だから、もう自分を責めるのはやめなさい。君は悪くない。誰も悪くないんだ」

彼らは、何度も「君は悪くない」と繰り返す。まるで瑞樹の心を塗り固めて、立ち直らせようとしているかのように……。

けれど——だからこそ瑞樹は、その優しさから逃れるように、俯いて泣き続けることしかできなかった。

葬式を終えて帰った我が家は、少し前までとは打って変わって寒々しい場所に感じられた。

たった十日ほど。ついこの間まで、この家には確かな温もりがあったはずなのだ。

しかし、今は何の温かみも感じられない。冷ややかな空気があるだけだ。

美咲を失った悲しみ。美咲の両親に対する罪悪感。

ひとりになると、そういったやるせない感情が、とめどなく瑞樹の心を苛《さいな》んでくる。

そしてこの刺すように冷たい空気は、まるでこの家が、ひとりでのうのうと帰ってきた自分を責めているかのように感じられた。

そんな空気に耐え切れず、気が付けば、瑞樹は家を飛び出していた。

向かった先は、学校だ。

瑞樹は美咲の葬式のために休んだが、今日は平日だ。すでに放課後ではあるが、校庭には部活に励む生徒の声があり、校舎からは吹奏楽部の楽器の音が聞こえる。

活気に満ちたそれらの賑やかな〝音〟を聞き流しながら、瑞樹は職員室で鍵を借り、通り慣れた廊下を歩く。

そして、荒っぽく書庫の鍵を開けた。

『お帰り、瑞樹君。配達、お疲れ様』

書庫の扉を開けた瞬間、美咲との思い出が頭をよぎり、声が聞こえた気がして、瑞樹は「く……」と苦悶《くもん》の声を上げた。

瑞樹は呼吸を荒くしたまま書庫の奥へと進み、ノートパソコンを立ち上げる。そして、猛然《もうぜん》と溜まっていた購入図書の登録作業に取りかかった。

『オッケー！　任せといて。じゃんじゃん貼っちゃうよ！』

『瑞樹君、本の修理、終わったよ』

しかし、はっきり言って効率は最悪だ。本を手に取るたび、キーボードを押すたびに美咲の声が聞こえる気がして、ひとつ終わらせるのにいつもの倍以上の時間がかかる。

それでも瑞樹は、作業をやめない。何かしていないと、美咲がいない現実に耐え切れず、今この瞬間にも心がバラバラになってしまいそうだったから。美咲の両親への贖罪《しょくざい》として、頭を壁に打ち付けてしまいそうだから。

いつの間にか日は沈み、窓の外から生徒たちの声や楽器の音は聞こえなくなっていた。ふと時計を見れば、六時半を回っている。とっくに下校時刻だ。そのうち、鍵が返ってきていないことに気が付いた教員が、見回りにやってくるだろう。

「……帰ろう……」

唐突に虚《むな》しさが込み上げてきて、瑞樹はノートパソコンの電源を落とした。

何をやったところで、心の隙間は埋まらない。美咲を失った悲しみからは逃れられない。それがわかり、瑞樹は絶望に打ちひしがれながら俯く。

すると、その時だ。静寂に満ちていた書庫に、突如として電子音のメロディが流れ始めた。スマホにメールが届いたことを知らせる着信音だ。

最初、瑞樹はその着信を無視した。今はメールを見る気分じゃないから。

しかし、すぐにその着信音の意味に気付き、瑞樹は慌ててスマホを手に取った。

なぜならその着信音は――美咲からのメールであることを知らせるものであったから。

「美咲……さん……？」

なぜ今になって、美咲からのメールが届いたのか。そんなことは、瑞樹にもわからない。けれど、事実としてスマホは鳴っていた。瑞樹は震える指でスマホを手に取り、メール画面を開いた。

表示されたメッセージは【瑞樹君の部屋にある本棚の一番上の段、右から三冊目の本を見て】という一文のみ。情緒《じょうちょ》もへったくれもあったものではない。

それでも、瑞樹は書庫からかけ出した。日が落ちて暗くなった通学路を一目散《いちもくさん》にかけ抜け、家へ戻る。家に着くと明かりをつける時間さえももどかしく、暗闇の中を柱やら何やらに体をぶつけながら、二階へかけ上がった。そして指示された通りの本を手に取ってみると、本の間から何かが零れて床に転がった。

屈《かが》んで拾ってみれば、小さな鍵だった。アンティーク調のデザインがなされた、可愛らしい鍵である。

この鍵がなんであるか。そんなものは考えるまでもない。瑞樹は部屋を飛び出し、居間へ行く。今度はきちんと部屋の照明をつけて、ハーモニカもしまってあるキャビネットを見据える。キャビネットを開けて取り出したのは、誕生日に美咲から貰った小箱だ。

逸《はや》る気持ちを抑えつけながら、小箱の錠前に見つけたばかりの鍵を差し込んで捻《ひね》る。すると、カチッという小気味《こきみ》良い音を響かせながら、錠前が開いた。

箱の蓋《ふた》を開けると、中から金属音で奏でられるオルゴールのメロディが流れ始めた。

瑞樹が何度もハーモニカで演奏していた曲だ。

どうやら箱の一角にオルゴールが仕込まれていて、蓋を開けると流れ出す仕掛けになっているらしい。そして、残り半分の小物入れ部分に入っていたのは──。

「USBメモリ?」

箱から取り出され、瑞樹の手に収まったのは、何の変哲《へんてつ》もないUSBメモリだった。

この中に、一体何が入っているのか。

瑞樹は自分のノートパソコンのスイッチを入れ、起動したところでUSBメモリを挿《さ》した。そしてフォルダを開いてみると、そこには動画ファイルがひとつだけ収められていた。

手が震えそうになるのをこらえつつ、ファイルをダブルクリックすると、動画が再生され始めた。

『やっほー、瑞樹君。観てる?』

声を聞き、顔を見た瞬間、瑞樹の目から涙が溢れ出す。

画面の向こうにいたのは、柔らかく微笑む美咲だった。瑞樹のよく知る、そしてもう見ることは叶わないと思っていた笑顔が、そこにあった。

『これが再生されているってことは、ちゃんとメールが届いたってことだよね。よかった。お父さんとお母さん、ちゃんと私のエンディングノートを読んで、メール出してくれたんだ』

画面の向こうで、美咲が安心したように胸をなで下ろした。

その様子を、瑞樹は声も出せないまま見つめている。それがたとえどんな形であったとしても、もう一度美咲が自分に向かって語りかける声を聞き、微笑む眼差しを見ることができた。それだけでもう瑞樹の胸は一杯だった。

『さてと……。無駄話は尽きないけど、メモリの容量が先に尽きちゃうから、そろそろ本題に行こうか』

画面の中で、美咲がコホンと咳払いをする。

『瑞樹君がこれを観るのは、最短で私の葬式が終わったあとのはず。——大丈夫？それで合っているかな？　まさか、偶然鍵を見つけちゃって、先に観てます～とかないよね？』

画面の向こうから、美咲が確認するように訊いてくる。

まるで、実際に会話しているかのような口調や仕草、間の取り方だ。そういう形になるよう、美咲が計算してこの動画を作ったのだろう。

瑞樹がそんなことを考えていると、不意に美咲が心配そうな瞳で、画面の向こうからこちらを見つめてきた。

『瑞樹君、ちゃんと寝てる？　ちゃんとご飯食べてる？　まさかとは思うけど、私のあとを追って死んじゃおうとか考えてないよね？』

気遣わしげに語りかけられた言葉に、瑞樹は息を呑んだ。

満足に寝ていない。食事なんて喉を通らない。今の状態を考えれば、後追いを考えることも時間の問題だっただろう。美咲の心配は、すべて的のど真ん中を射貫《いぬ》いていた。

『本当に心配だよ。瑞樹君、無神経なように見えて、実はすごく繊細だから……。心の針が変な方に振り切れて馬鹿な真似《まね》しないか、すごく心配……』

語られる言葉と同じく、心の底から心配した表情で美咲は続ける。

それを一言一句余さず聞きながら、瑞樹は恥ずかしさと情けなさで思わず逃げ出してしまいたくなった。

美咲がいなくなった時、瑞樹がどんな行動を起こすか。当の美咲には、すべてお見通しだったのだ。見抜かれた上で、瑞樹は美咲を心配させてしまった。心配を残したまま、美咲をこの世から去らせてしまった。彼氏として、これほど情けない話はない。

美咲の顔をもっと見ていたいのに、自然と下を向いてしまう。美咲を直視できなくなってしまう。

こんな醜態《しゅうたい》をさらすくらいなら、このまま消えてしまい――。

『……消えちゃおうとか、死んじゃおうとか――そんな逃げるような真似をしたら、絶対に許さないからね』

瑞樹がまた逃げの思考に陥りそうになった瞬間、まるで彼の思考を先読みしたかのように、画面の中の美咲がピシャリと言い切った。

自身の心情とのあまりのシンクロぶりに、瑞樹が反射的に顔を上げる。

するとそこには、眉を逆立ててこちらを見つめる美咲がいた。

ただ、その表情はすぐに穏やかなものに戻った。

『瑞樹君さ、覚えてる？　私がずっと瑞樹君に隠してきたこと。私が瑞樹君を同盟の相手に選んだ理由の話』

言われて思い出した。そういえば、結局その答えを聞けないままであった。

ようやく答えが聞けるのかと、瑞樹は画面を見つめる。

すると、少しの間を置いて、画面の中の美咲が――

『私ね、実は死んだその日から去年の一月――余命宣告を受けたその時へ、タイムリープしていたの』

突然、大真面目な顔でそう言い放った。

その瞬間、瑞樹は頭の奥で何かの鍵が外れる音を聞いた。同時に、脳裏にいくつかの光景がフラッシュバックしてくる。それはいつか夢に見た、誰かの記憶、誰かの願いだ。

——いや、それだけじゃない。フラッシュバックした記憶が、その先にあるものを手繰《たぐ》り寄せる。夢でつながった記憶の果て、最愛の人が時間の流れを遡《さかのぼ》っていく、そんな不可思議な光景を……。

そして同時に、瑞樹は悟った。この一年間は、美咲にとって人生の意味を生み出すための旅路《たびじ》だったのだと——。

『いきなりこんなことを言っても、信じられないよね。私自身、いまだに信じられないもん。タイムリープ直後なんて、何が起こったかわからなくて、お医者さんの前で倒れちゃったしね。おかげで、余命を聞いたショックで倒れたって勘違いされちゃって、大変だったよ。——と、そんな余談は横に置いとこっか。とりあえず、今はツッコミ入れたい気分を呑み込んで、私の話を聞いてくれるかな。これも、瑞樹君に同盟を持ちかけた理由につながることだから』

苦笑しつつも、美咲は願うような口調で、画面の向こうから瑞樹を見つめてくる。

だが、美咲の心配は杞憂《きゆう》だ。すべてを知った瑞樹は、美咲を疑ったりしない。彼女が語る言葉を、あるがまま受け止める。

『タイムリープする前の私は病院のベッドで死を待つだけで、それをずっと後悔していた。だから死の瞬間、余命宣告からの一年をやり直したいと望んだの。そして、理屈はわからないけど、なぜかその願いが叶ってしまった』

美咲が語るそれは、瑞樹が夢で見てきた記憶とぴったり符合《ふごう》する。

どうしてタイムリープ前の美咲の記憶と自分の夢がリンクしたのか。美咲のタイムリープ同様、その理屈はわからない。

けれど、おかげで瑞樹は、美咲の当時の心境を理解することができる。ならば、今はこの奇跡に感謝するべきだろう。

『自分が一度目に死んだ時と同じタイミングで死ぬことは、直感ですぐ理解できた。だから私、今度は後悔しないようにとりあえず退院して、死ぬまでにやりたいことをまとめたの。病院のベッドでずっと考えていたことだから、まとめるのに時間はかからなかったかな。瑞樹君にはこれまでに話しているけど、具体的には五つだね』

そう言って、美咲は指折り数えながら、自身で定めた〝死ぬまでにやりたいこと〟を挙げ始めた。

一、両親に、『ずっと大事に育ててくれて、ありがとう』とお礼を言う。

二、両親と旅行へ行く。

三、エンディングノートを作る。

四、もう一度、学校に通う。

五、瑞樹にお礼を言う。

どれも、瑞樹がこれまでに教えてもらったことのあるものだ。

しかし、足りないものがある。瑞樹が同盟を受け入れた際に言っていた、【たくさん遊ぶ】と【自分では思いつかないようなことに挑戦する】のふたつだ。

『でも、学校で瑞樹君を見つけて、やりたいことが増えた。【六、瑞樹君と友達になる】と【七、瑞樹君に友達と遊ぶ楽しさを思い出させる】と【八、瑞樹君に友達を誘う方法を思い出させる】の三つ。後ろのふたつは、ちょっとだけ言い方を変えて、瑞樹君にも話したよね。本当は、こんな内容でした』

美咲の言葉に、瑞樹は目を見開く。

つまり後付けの三つは、すべて瑞樹のために追加されたものということだ。

『最初はさ、本当に助けてもらったお礼を言うだけのつもりだった。だって、私はすぐにいなくなっちゃうから……。でも、瑞樹君が周囲に壁を作っていることを知ったら、陽子さんと最後に話した時のことを思い出してさ。予定変更して、行動を起こすことにしたの』

「母さんと？　それって、もしかして……」

瑞樹の頭の中に、告白した日のことが蘇ってくる。

瑞樹が教えてくれと頼んでも、美咲が『教えない』と突っぱねたこと。これはもしかしたら、あの時の答えでもあるのかもしれない。

『前にさ、瑞樹君に助けてもらったあと、私は病室から出られなくなったって話はしたよね。その結果、陽子さんが亡くなって、瑞樹君とは会えないままになっちゃったって。——でもね、実は病室から出られるようになった直後に、陽子さんとは一度だけ会えたの。陽子さんが亡くなる前日に』

美咲の言葉に、瑞樹はもう一度驚きで目を丸くする。今日は、美咲に驚かされっぱなしだ。

母が亡くなる前日に交わされた会話。そこでの会話が美咲に行動を起こさせたということは、母は美咲に何かを託したということか。

母は、美咲に何を語ったのか。瑞樹の心臓が、早鐘を打つように鼓動する。

『今でもはっきり覚えてる。その時さ、陽子さんが珍しく弱音みたいなことを言ったんだよ。「瑞樹にはいつも苦労ばかりかけちゃった。私たち両親が不甲斐ないせいで、あの子に何もかも背負わせて、がんばらせちゃった。友達と使うはずだった時間を奪って、ひとりぼっちにさせちゃった」って』

「母さんが、そんなことを……」

美咲から聞かされた母の言葉に、早鐘のように鳴っていた胸がキュッと締め付けられる。

『陽子さん、こうも言ってたよ。瑞樹君は、本当に強くて優しい子に育ってくれたって。でも、だからこそ心配だって。強くて優しいから、何もかも自分で背負い込んで……いつか壊れちゃうんじゃないかって』

瑞樹は思う。母は、最後まで母だったのだと。

いつも瑞樹のことを案じて、自分のことなど二の次で……。もしも瑞樹が母の言葉通りの〝強くて優しい〟人間だというならば、それは間違いなく母を見て育ってきたからだ。母というお手本があったから、瑞樹は今の瑞樹になれた。胸を張って、そう言うことができる。

『もしも瑞樹君がひとりで辛い状況に陥った時、自分は傍にいられないかもしれない。そう考えると悔しくて仕方ない。母親らしいことをしてあげられないかもって思うと、自分が許せなくて涙が出る。──陽子さん、そう言って悲しそうにしてた』

もしかしたら、陽子さんは何か予感していたのかもしれないね、と美咲は言う。

『だからさ、私、思わず言っちゃったんだよね。だったらその時は、私が病気を治して退院して、瑞樹君を支えるって。「瑞樹君がひとりなら、私が友達に立候補します！」って』

まあ、最終的には友達どころか彼女になっちゃったけどね、と美咲がはにかむ。

不意打ちだったので、瑞樹は思わず照れてしまった。

『私がそう言ったらさ、陽子さん、すごく安心したみたいに「ありがとう」って笑ってくれたんだ。私、すごくうれしかった。ずっと陽子さんに支えてもらってばかりだったから、少しだけ恩返しできた気がしたんだ』

当時のことを思い出したのか、美咲は懐かしそうに微笑む。

『ボッチの瑞樹君を見て、この誓い、やっぱり諦めちゃダメだって思った。天国の陽子さんに顔向けできないし、何より瑞樹君がひとりのままなんて私が納得できないって……。それで考えたのが、〝死ぬまでにやりたいこと〟に追加した三つと――同盟だった』

美咲の声が、瑞樹の中でこだまする。そして、頭が急速に回転し始める。

これまで瑞樹は、同盟は美咲のためのものと考えていた。立場的に対等で、瑞樹自身も同盟として行われた活動を心から楽しんでいたが、それでも一番の目的は美咲が後悔なく旅立てるようにすることだと……。

けれど、美咲はこの同盟を、母への誓いを果たすために生まれたものと言った。

それはつまり――

「……ハハハ。まさか、逆だったなんて」

一本取られたと、瑞樹は額に手を当てる。

美咲がそうと覚らせなかっただけで、最初からこの同盟は……。

『私は、どんなにがんばっても長くは生きられない。だから、瑞樹君に誰かといることの楽しさを知ってもらおうと思ったの。そしたら、私がいなくなったあとも、瑞樹君が自分から人の輪の中に入っていくようになるかなって思ってね。そのための口実として、私は同盟の話を持ちかけることにしたの』

この同盟が誰のためのものであったのか。その答えに辿り着いた瑞樹へ、美咲は真の目的を明かした。

道理で同盟の話を持ちかけてきた時、美咲が必死だったはずだ。

だって美咲が持ちかけてきたこの同盟は、最初から瑞樹のためのものだったのだから。美咲は自分に残された時間を、最初から自分のためではなく、瑞樹のためだけに使ってくれていたのだ。

『まあでも、花火大会へ行った辺りからは、一緒にいる目的が変わっちゃったけど……。大好きな瑞樹君と一緒にいたいっていう目的にね』

美咲が頬を赤く染めながら、満面の笑みで付け加えるように言う。

もう一言一句どこを取ってもうれしすぎて、なんだかまた泣けてきそうだ。

『途中で目的が変わったことはさておき、これがずっと隠していた、瑞樹君に同盟を持ちかけた理由。今にして思うと、瑞樹君の意見をまったく考えてない独りよがりの考え方だったね。瑞樹君からしたら、大きなお世話だったかも……。気を悪くしたら、本当にごめんね』

画面の向こうで、美咲が深く頭を下げる。

対する瑞樹は、美咲に届かないことをわかった上で首を横に振った。

「とんでもないです。その大きなお世話のおかげで、誰かと過ごすことの楽しさを思い出せました。ありがとうございました、美咲さん」

これくらい強引に引っ張ってもらわなければ、瑞樹は今もひとり、書庫の奥に閉じこもっていただろう。ひとりでは味わえない楽しさを思い出せたのは、すべて美咲のおかげだ。

できることなら、もっと早く——美咲が生きている間に知りたかった。そうしたら、きちんと彼女にお礼を言うことができたのに。それだけが唯一悔やまれる。

『私の秘密は、これで全部。ようやく隠し事がなくなって、本当にすっきりした』

言葉通り、すっきり晴れやかな様子で、美咲が微笑む。そして、話をまとめようとしているのか、彼女はひとつ咳払いをした。

『まあ、何が言いたかったかっていうとね、私はもう向こうから見守ることしかできないけど、瑞樹君には前を向いて生きていてほしいの』

そう言って、美咲は画面の向こうから、瑞樹のことをまっすぐ見つめてくる。

『私は、瑞樹君を残してさっさと死んじゃった。だから、私にこんなこと言う資格がないのはわかってる。けど、身勝手でも言う。——大丈夫だよ、瑞樹君！　だって瑞樹君は、私が恋しちゃったくらい、かっこいい男の子だもん。瑞樹君なら、きっと強く生きていける。だから……私がいなくなったくらいで、クヨクヨするな！』

笑顔の美咲が、画面に向かってパンチを繰り出す。

画面の向こうから繰り出されたそのパンチは、瑞樹の中に残っていた後ろ向きな心を見事にぶん殴《なぐ》ってきた。一発ＫＯされてしまう破壊力だ。

「ああ、そうか……」

瑞樹が力なく、しかし納得した顔で笑う。

そうだ。美咲はそういう人だ。常に全力であり、瑞樹にも全力であることを求めてくる。

もしも瑞樹がここで自殺なんかしたら、仮に向こうで美咲と会えたとしても、彼女は瑞樹に背を向けるだろう。背を向けて……きっとひとりで泣いてしまうに違いない。

それに、瑞樹がこのまま向こうへ行ったら、母もきっと自分を責めてしまうだろう。

母や美咲を悲しませることなんて――したくない。そんなふたりの顔は、見たくない。

「いろんな人の思いに支えられてきた僕は、最後までこの世界で生き切るしかないんですね」

画面の向こうにいる美咲に向かって苦笑する。

最愛の人と最も尊敬する人が、この世界から去ってもなお望んでくれたことだ。無視するわけにはいかない。

第一、自分で美咲に言ったではないか。大切な人たちが残してくれたものを、大事に守って生きていく、と——。

瑞樹はこの世界で、まだまだがんばらないといけないのだ。

するど、ただの偶然だろうが、画面の向こうで美咲も笑った。

『さて、そろそろ瑞樹君もがんばろうって気になってきた？　……なってくれてると、うれしいんだけど……』

「ええ、まあ」

最後はちょっと自信なさげに美咲へ、反射的に返事をしてしまう。

『私からのメッセージは、これで終わりです。最後まで観てくれて、どうもありがとう。あなたのこれからの幸せを、向こうから祈っています。がんばれ、瑞樹君！』

そう言って、美咲が撮影を終了しようとする。

勇気を貰ったばかりだというのに、これで終わりかと思うとどうしても寂しさが募る。

すると、不意に美咲が『あ、ひとつ言い忘れてた』と声を上げた。美咲は、もう一度カメラの方を向き、春の太陽のように温かな笑顔を浮かべ——

『私、藤枝美咲は、世界中の誰よりも——ううん、向こうを含めて誰よりも、秋山瑞樹君のことが大好きです！』

「――ッ！」

瑞樹はハッと目を見開き、今も画面の向こうで笑う美咲を見つめる。見開かれた目はみるみるうちに潤んでいき――

「僕もです」

瑞樹は笑いながら涙をボロボロ流して、美咲の告白に返事をした。

最後のメッセージを伝えて満足したのか、美咲は今度こそカメラを止め、ファイルの映像再生は終わった。

瑞樹はパソコンの電源を落とし、涙を拭いて深く息を吐く。

体を満たしていた狂おしいほどの絶望は、いつの間にか薄まっていた。美咲の声が、笑顔が、そうさせてくれた。

やっぱり自分は、どうあっても美咲に敵わないようだ。

そんなことを思いつつ、瑞樹は数日ぶりに笑みを浮かべた。

「――よし、やるか！」

言葉と共に立ち上がり、瑞樹は台所へ向かう。

この数日、まともに食事を取っていない。けれど、こんなことではダメだ。瑞樹はとりあえず棚にあったカップ麺《めん》に湯を入れ、三分待って猛然《もうぜん》と食べ始めた。

お腹が満たされてくると、より一層気持ちは前向きになっていく。

今この瞬間、美咲が隣にいないことへの悲しみは、まだ胸にある。

けれど、嘆く時間はもう終わりだ。悲しみを背負って、それでも前を向いて生きていく。残された者として、大切な人たちの思いを胸に抱いて歩んでいく。そのための覚悟はできた。

居間に戻った瑞樹は、ＵＳＢメモリを小箱にしまい、キャビネットの中にあるハーモニカの隣に置いた。

「そっちから見ていてください、美咲さん。最後の最後まで、僕はこっちでがんばりますから」

美咲が残していった置き土産に向かって、瑞樹は微笑む。

これは美咲への――いや、自分を支えてくれた多くの人たちへの誓いだ。

誓いを手に自らのやるべきことを見据え、瑞樹はキャビネットの扉を閉めた。

エピローグ

高校生活なんて、気が付けばあっという間だった。

美咲がこの世から去って、もうすぐ丸一年。

その間に瑞樹は三年生へ進級し、先日、無事に高校を卒業した。

そして——

「美咲さん、僕、無事に十八歳の誕生日を迎えることができましたよ」

美咲が眠るお墓の前で手を合わせながら、瑞樹はフッと微笑んだ。

一年前の誕生日、美咲は『必ず来年も瑞樹君の誕生日をお祝いする』と約束してくれた。約束は果たされないままとなってしまったが、せめて報告はしておこうと、一周忌《き》より一足早く墓参りに来たのだ。

お墓に手を合わせながら、瑞樹は考える。

本当に、月日が経つのは早い。

一年前、美咲からのビデオレターを観たあの日、瑞樹はこの世界でがんばると誓った。

けれど、人間そんな簡単に変われるはずもなく、いつの間にか高校卒業で、その延長のように四月からは地元の大学で大学生だ。一年前から少しは成長できたのか、割と真剣に不安である。

まあ、そうは言っても、瑞樹だってこの一年、何もしなかったわけではない。

たとえば……そう！　三年生になってから、クラスでふたりほど友達ができた。同じ映画のファンで、話が合ったのだ。

これからも、こうやって人間関係を積み重ねていけば、もう美咲や母を心配させることはないだろう。

そんなことを、お墓の前で美咲に報告していく。

「それに、図書委員の方もがんばりましたよ」

お墓に向かって、瑞樹は誇らしげな表情で告げる。

瑞樹がいなくなれば、図書室の裏方作業を行う人間はいなくなる。だから瑞樹は、この一年、裏方作業の引継ぎを着々と進めてきたのだ。

図書委員のカウンター当番は忙しいが、基本的には週一回しかない。そこで、その当番とは別に、月に一回の裏方当番を新設してもらった。

瑞樹としては反対多数となることが怖かったが、意外にも反対意見が出ることはなく、昨年の五月から裏方当番は開始された。そして瑞樹は、裏方当番の指導係として、自分のこれまでの経験を後輩たちに伝え続けた。

後輩との会話も最初は緊張したが、慣れてくると案外楽しいものだった。気が付くと後輩と雑談までできるようになった自分がいて、その変化にも驚いた。これも、美咲が鍛《きた》えてくれたおかげだろう。

そんな指導係も、自由登校となった一月末でお役御免《やくごめん》。瑞樹と美咲が続けてきた仕事は、無事に後輩たちへと受け継がれたのだ。

「美咲さん。僕は、ちゃんとできたでしょうか」

お墓を見つめ、ここにはいないパートナーに向かって問いかける。

もちろん、答える声なんてない。ここには、瑞樹しかいないのだから。けれど、何となく「グッジョブ！」という声が聞こえた気がした。

「それじゃあ、また来週、一周忌法要《ほうよう》の時に来ますね」

お墓に微笑みかけ、瑞樹は墓地をあとにする。

そのまま家に帰ってもよかったのだが、足は別の場所へと向かっていた。一年前、最後にふたりで星空を見上げた公園だ。

ふたりで話したベンチにひとりで腰掛け、空を見上げる。昼前の空には、当然ながら星は輝いていない。ただ、澄んだ青空を見ていると、心の中まで晴れ渡っていくような気がした。

と、その時だ。胸ポケットに入れていたスマホが震え出した。

「……ん？　メール？」

スマホを取り出してみれば、メールの着信だった。友人からのメールかもしれない。瑞樹は何の気なしにメールボックスを開く。

差出人の欄に表示されていたのは――

「美咲……さん？」

あまりに驚いたせいで、スマホを取り落としそうになった。何度かお手玉したあとでしっかりスマホを握り締め、瑞樹は逸る気持ちを抑えながらメールを開く。

【お誕生日、おめでとう！　それと、高校卒業もおめでとう！

瑞樹君は、たぶん進学だよね。四月から大学生活か～。いいな～、羨ましい！

というわけで、羨ましいから瑞樹君にひとつ宿題。私の分まで、大学生活を精一杯楽しんできてね。

笑顔一杯の大学生活になることを祈っています！】

メールの文面を読んでいると、それが美咲の声で聞こえてくる気がした。

だから、何度も読み返し、心の中を美咲の言葉で満たしていく。

よく見れば、メールの送信日付は、一年前の瑞樹の誕生日となっていた。

瑞樹と別れてからすぐに約束を守る方法を考え、このメールを準備してくれたということだろう。

美咲が自分との約束を最後まで大事にしてくれていたことが、堪らなくうれしい。

そして何より――

「まさかこんな方法で約束を守ってくるなんて、想像もつきませんでした」

空を見上げながら、「アハハ」と笑ってしまう。

確かに『たとえどんな形になっても』と言っていたが、メールの日付指定とは恐れ入った。

と、そこで瑞樹は、メールの本文にまだ続きがあることに気が付いた。何だろうかと思い、メールの最後までスクロールする。

【追伸　私、向こうでずっと応援してるから。がんばれ、瑞樹君！】

最後に書かれていたのは、いたずら心と愛情に満ちた文章だった。

「……本当に、あなたには敵いませんね」

一年前に動画を観た時と同じだ。

やっぱり自分は、どうあっても美咲に勝てない。いつも振り回されて、大好きだと認めさせられてしまう。

けれど、今日はそれだけじゃない。

がんばれ、瑞樹君！

ビデオメッセージでも、美咲は最後にそう言っていた。瑞樹の背中を押して前へと歩みを進ませてくれる、魔法の言葉だ。

「――任せてください」

大切な人から出された、最後の宿題。こうなったら、天国で美咲が驚くくらい、充実した大学生活を送ってやる。

そして、美咲と両親に誇れるくらい、これからも全力で生きていこう。

スマホをしまってベンチから立ち上がると、瑞樹ははっきりと前を見据えて、最初の一歩を踏み出した。

〈了〉

あとがき

はじめましての方は、はじめまして。はじめましてではない方は、お久しぶりです。日野祐希です。

この度、スターツ出版様から三冊目の本を出させていただくことになりました。

前作の『さよならの月が君を連れ去る前に』が二〇一九年十一月の刊行でしたから、実に一年八か月ぶりの新刊です。ここまで、とても長かった……。

まあ、せっかくのあとがきですし、私のどうでもいい感慨は横に置いておきまして、作品のことを少しお話ししようと思います。ほんの少しだけネタバレを含んでいますので、本編未読の方はご注意ください。

本作は、人付き合いに不器用な男の子・瑞樹と、たくさんの秘密を抱えた女の子・美咲の、出会いと別れの物語となっております。

この瑞樹と美咲ですが、私がこれまで書いてきたキャラクターの中で、恐らく最も書くのが難しいふたりだったと思います。どう書けば瑞樹と美咲を魅力的なキャラクターにできるか、特に改稿の時には頭を悩ませ続けました。

ただ、書くのが難しかっただけに、その分ふたりとも思い入れ深いキャラクターとなりました。

瑞樹と美咲が手を取り合って、時に笑い、時に悩みながら歩んだ軌跡を、読者の皆様にきちんとお届けできていればうれしいです。


では、最後になりますが、お礼の言葉を。

担当編集の三井様、カバーイラストを描いてくださいましたはねこと様、他にも本作の出版に携わってくださいました皆様、本当にありがとうございました。皆様が一緒に本作を育ててくださったおかげで、こうして無事に物語を完成させることができました。

そして、本作を読んでくださいました読者の皆様に、最大の感謝を。最後までお付き合いいただき、どうもありがとうございます。皆様に本作を読んでいただけたことを、心よりうれしく思います。

それでは、またどこかでお会いできることを祈りつつ。

二〇二一年七月　日野祐希

参考文献

『図書の修理とらの巻』書物の歴史と保存修復に関する研究会／澪標
『防ぐ技術・治す技術：紙資料保存マニュアル』「防ぐ技術・治す技術：紙資料保存マニュアル」編集ワーキング・グループ／日本図書館協会
『美篶堂とつくるはじめての手製本：製本屋さんが教える本のつくりかた』美篶堂／河出書房新社
『高校図書館：生徒がつくる、司書がはぐくむ』成田康子／みすず書房

この物語はフィクションです。実在の人物、団体等とは一切関係がありません。

日野祐希先生へのファンレターのあて先
〒104-0031　東京都中央区京橋1-3-1　八重洲口大栄ビル7F
スターツ出版（株）書籍編集部 気付
日野祐希先生

余命一年の君が僕に残してくれたもの

2021年7月28日　初版第1刷発行
2023年8月30日　　　第7刷発行

著　者　日野祐希

発 行 人　菊地修一
デザイン　カバー　徳重　甫＋ベイブリッジ・スタジオ
フォーマット　西村弘美
編　集　三井慧
発 行 所　スターツ出版株式会社
〒104-0031
東京都中央区京橋1-3-1　八重洲口大栄ビル7F
出版マーケティンググループ　TEL 03-6202-0386
（ご注文等に関するお問い合わせ）
URL　https://starts-pub.jp/
印 刷 所　大日本印刷株式会社

Printed in Japan

ISBN　978-4-8137-1126-1　C0193